U0076112

終於要與自己
和好如初

不朽

白色的自己

WHITE

獻給
二十歲的自己

光明和黑暗的交集，常常是一種無以界定的灰色。我想我們既不是白色的，也不是黑色的，而是一抹深淺不一的灰。灰色時常是混沌的、複雜的，摻雜著太多矛盾的情感，可是啊，灰色其實是豐盛的前序。經歷許多的自己用著深淺不一的墨色來塑造著屬於自己的季節和絕色。灰色不僅僅是混濁的，它包容了光亮和陰暗，那些我們以為的矛盾，只是名為「我」的可能性。

CONTENTS

「以後記得把溫柔留給自己。」

這個世界裡，溫柔有千百萬種樣子，
但你要記得，留一種溫柔給自己。

「自愛也是種偉大的愛。」

1

我們荒唐了半生，其實都是為了尋找愛。

2

許多時候，還是忍不住回想起第一次愛人的時候。

記得那年的春天，歌唱比賽的前一天才知道唱片不能播放，於是班上的同學向我推薦了他的名字，他們說歌唱比賽裡面有一大半的人都是找他鋼琴伴奏的，可是我從來沒聽過他的名字。那天下課之後，我硬著頭皮去找他，他什麼話都沒有說，只是點了點頭，說「好」。

第二天，我把樂譜給了他，他說：「等一會兒比賽的時候見啦！」

我不知道他怎麼那麼有自信，甚至我們兩個還沒有互相排練，就這麼直接上臺比賽了。那天是我第一次上臺唱歌，我緊張得不得了，他卻一副悠然自得的表情，完整地把歌曲演奏了出來。

下臺之後，我終於控制不了自己，悄悄地哭了起來，他走過來，輕輕地摟了一下我的肩膀，又上臺準備幫別人伴奏了。

那是我對他的第一個印象，自信、陽光、溫柔。

我想我之後跟誰說起我的初戀的時候，我都會這麼形容他，他真的是一個非常溫柔的人，那是我第一次有了那一種衝動，想要得到一個人，想要對他很好很好，想要走在他的身邊，想要得到他所有的溫柔。

我甚至不太確定那一種從心底湧溢出來的悸動是什麼，它不再屬於我能掌管的範圍，心口突然間澎湃地跳動，偶爾會被一些情緒堵住，一些輕柔又沉重的情感壓在心上，總使我動彈不得。

好像連稱之為愛都變得有些奢侈，因為壓根心底沒有一種叫做愛的定義，不知道什麼是愛，卻非常愛著。

這就是當時的感覺吧——

我的世界裡只有一顆流星的重量，但想把整片天空都給他。

3

十五歲的夏天，陽光與他，初戀和愛。

於是，毫無預警地，我們相愛了。

他喜歡音樂，作為一個鋼琴和小提琴都是演奏級的人，他每天都會彈琴，而我會坐在一旁靜靜地聽他彈的樂曲，縱使我從來不懂得古典音樂，不懂得巴哈、莫札特，不懂得什麼幾號幾號的鋼琴曲，可是因為他喜歡，我會和他一起聽。

他喜歡踢足球，雖然我從來不愛，但是仍然堅持每個禮拜去陪他練球。

他喜歡吃魚，所以每次吃飯都會吃魚，即使我不吃海鮮。

他喜歡晚睡，所以很長的一段時間裡，我會陪他直到星星都睡著，直到聽到他說一聲晚安。

他喜歡歷史，所以歷史班裡面，他總是拿很高的分數，於是我為了追著他的腳步，我也很努力地拿了很高的分數。

他喜歡模型，所以在他生日的時候，我會儲很久的錢，給他買一套很貴的模型，陪他在家拼一整天，縱使我不會。

還有更多更多他喜歡的事情，我都能一一地記住。

那個時候總是以為，愛一個人就是遷就，愛一個人就是無條件地給予，愛一個人就是忍耐。

因為我從不愛古典音樂、不愛足球、不愛吃魚、不愛晚睡、不愛歷史、不愛模型，可是他從不知道，我以為，愛是這樣。

4

那種感覺，像是在一個巨大的迷宮裡，不知道要往哪一個方向走，好像往哪裡走都不對，往前走丟失了你，往回走丟失了自己。

原來太愛一個人的時候，是會忘記怎麼愛自己的。

5

從來不會告訴他，我非常討厭他和別的女生走在一塊，於是我告訴自己，他只是朋友多而已。

從來不會告訴他，我討厭等待，於是在溽暑的天氣下，等了他三個小時只為了他一句「一起回家吧」的話。

從來不會告訴他，我的期盼、我的失望、我的傷心、我的付出，於是在所有孤獨的夜晚裡，我把心事都好好收藏。

從來不會告訴他這些，因為在那霏霏迤長的日子裡面，沒有人告訴過我什麼是愛，怎麼去愛，或是為什麼去愛。

6

關於曾經的自己，很多的部分其實再也想不起來了。

不懂得是遺落在歲月裡的哪一個房間裡面，也再沒有什麼力氣去尋找它們漏失在哪裡，只是剩下那些破碎的自己，而碎得太殘破了，沒有必須也不太可能把它們逐一拾回，逐一拼湊。

7

就在我失去了他之後，才看見生命裡面原來不只有他的存在。更多的是自己的樣子，而我在很愛很愛他的時候，從來沒有這麼好好地看過自己，從來沒有如此心疼自己，從來沒有對自己說過一聲謝謝，也從來沒有好好愛過自己。

於是在沒有他的時間裡，我把對他的愛花在自己的身上。

不再委屈。
不再忍耐。
不再忍氣吞聲。
不再強顏歡笑。
不再為了誰而將就。
不再丟下自己了。
再也不再。

8

我們荒唐了半生，其實都是為了尋找愛。

是的，愛有很多種，愛人或是被愛，淺淺的愛或是深深的愛，以及自愛。

在時間的推擁下，終於不再急著去愛誰了。我有了要去愛的人，有了要努力做的事，我要好好地愛自己了。

在下一個他來之前，在融化所有張狂的回憶之前，我要好好地善待自己了。

9

我相信終究會有這樣的一天。

如果做不到意氣風發、

如果做不到至真的美善、

如果做不到強韌的溫柔、

如果做不到以真誠的心相信世界，如同蒲公英眷戀茫茫大地，如同熱烈擁抱大海的魚。

那麼至少要在別人眼中做個乾淨、明亮而潔白的自己。

少糟蹋自己，讓自己不一定要以最美好的姿態出現在他的面前，但純粹就好。

學習著喜歡那樣努力的自己，準備去愛或是被愛，或在愛情中受盡寂寞或傷害，有足夠強大的心靈去原諒和療癒，可以抵受世界的壓迫也能走很久很久。

然後。

然後。

有一天。

總有一天，他會穿越光、穿越黑暗、穿越人潮與海，找到那個精緻而姣好的你。

10

嘿，你好好地感謝過自己嗎。

感謝自己陪自己走了那麼遠的一段路，感謝自己受過那麼多的痛苦，感謝自己努力了那麼久。

親愛的，謝謝你，以及，辛苦你了。

「你要努力，
以後你想要的，
要自己給自己。」

「你做自己的模樣已經足夠閃亮。」

你是你自己的樣子，一直都是。

你知道嗎。從前我並不覺得自己是一個悲傷的人，我甚至覺得自己強大到可以用笑容去面對這個巨大而沉重的世界，真的是如此，於是每當脆弱不安失落難過的時候，我都選擇用偽裝的笑容來面對事情。日子久了，我以為自己也就會變成那個大家喜歡的模樣，優秀又樂觀的孩子，那個時候我都覺得，這是一件比任何事情都重要的事——

當個美好的人，當個全世界都喜歡的人。

於是在很多的時候，當這樣的渴望被自己在顯微鏡上越放越大，大到甚至可以覆蓋原本的自己，大到讓自己變得渺小，這樣的世界就開始被扭曲了，心裡面總會有聲音說，要做得好。做好了以後，那把聲音會繼續說，要做得更好。後來的我，做得再好都不會覺得快樂了，因為還有「更好」在遠方等著自己，不斷地唾棄、不斷地討厭著這個只是「好」而已的自己。

悲傷於我來說是多餘的，於是我把它們封存在一個盒子裡面，把它放在心裡面最不起眼的儲存室裡，那裡沒有人會經過，甚至連自己都不會走過那個廢置的地方，放著就好，並不是一定有清理的必要，因為自己知道，每走進去一次就幾乎會要自己的命，所以也沒辦法去整理好，不如就這樣放任著不去碰。一直這樣想著，久而久之，會讓自己誤以為那些傷痛已經不在了，雖然心知肚明那只是一個錯覺。

直到開始失眠，開始那些歇斯底里的日子，開始把自己鎖起來，直到那些傷痛終於按捺不住沉靜，它們開始一併爆發，像是缺堤的洪水湧現出來，在無數個夜裡輾轉反側，在沒有人的地方嘶吼，逼得我不得不去正視的時候，我開始把那些排山倒海的悲傷攤開來，不斷硬生生地剖析自己，用力揉開那些發黑的瘀青血塊，用盡全力地自我分解，我花了好大的勇氣走進那個廢置的房間裡面，然後一一地把它們整理乾淨。

那個時候他來到我的世界，對我溫柔地說，「妳做自己的模樣已經足夠閃亮。」

我花了好長的一段時間梳理那些悲傷，然後沿著那條蜿蜒曲折的路把自己找回來，拾獲自己。終於不再需要去討好什麼人，終於不再需要去做那個別人眼中喜歡的模樣，終於不需要委屈自己和為難自己了。

原來我一直都是自己的模樣，而這個原本的模樣就已經足夠閃亮。

做自己的太陽，就不需要誰把你照亮。

「無論有沒有改變，我們都是自己的樣子。」

◗

1

妳說：「妳變了好多啊，親愛的。」

2

回憶其實就是一些不存在的房間，我們把當時溫溫溼溼的感受和片段存進裡面，那裡有飄忽起落的天氣，有層層斑駁的想念，有分崩離析的過往。

那裡是一個魂魄不滅的平行時空。

那裡有所有曾經出現在我們生命中的人們。他們的臉，漫漫堆累在這些不同的房間裡面，於是你每走過一個地方，或多或少都會走進這樣來自過往的回憶裡面。

那裡記錄著每一個不同階段的你。
那裡全部都是你，只屬於你。
條件是你再也無法把那些回憶安置在現實裡面。
因為你存在於現實，而回憶只存在於過去。

3

第一次脹紅著臉，上氣不接下氣，我也根本不知道自己在幹什麼。
電話那頭傳來他低沉的聲音，他問，找我有事？
是凌晨五點多的清晨，天色微微蘊升。
我和他說，「我喜歡你。」
甚至連我自己也不太清楚這四個字是什麼意思，可是我還是說了，我喜歡你。

4

她發了訊息和我說：「我在某大學走著走著的時候看見了一個熟悉的身影，

仍未抬頭我就知道是他，一身黑色的打扮，一雙籃球鞋，高揚的頭，戴著耳機，聽著音樂輕眺的身軀快步地走。一看到他我便想起了妳，想起了那些美好的年華，想起以前奮不顧身愛他，那個敢愛又敢恨的妳。」

沒怎麼修改過，這一段來自我歲月裡最好的陪伴的閨蜜。

那時我坐在自修室外面的地板上，望著沒有星星也沒有月亮的天空，想起了好多的過往啊，散落了一地的回憶碎片，我逐一拾獲，卻還是被自己的過往割傷了手，我誤以為這些年月，我已經成長成強大的模樣，然而原來回憶已進駐心房，所以當它閃亮起來，心理所當然會跟著擺動，跟著刺痛。

5

那種感覺大概就像是你明知道那裡是危險的，明知道這麼做是錯的，也明知道做什麼都是徒勞無功的，可是你還是做了，而且還一絲不猶豫地做了。

當時我對他說我喜歡你，就是這樣的感覺。

那裡是深海，我甚至不知道那海有多深，唯一知道的是我不會游泳，而我渴望的東西在海的中央，於是我義無反顧地跳下去。

那時候是十五歲的夏天，我溺水了，在他的海裡面遇溺，從此不顧一切，暈眩於隱隱回聲的海水中，不復重生。

6

後來和他分開，斷垣崩頽的日子裡，我彷彿成了漏在時間縫隙中的沙子，在愛裡太過於渺小，我抓不住他也抓不住自己，甚至到最後也無法說出我失去的是他還是我自己。

結論是我葬身於那片大海裡。

副作用是往後再遇見誰，也不會再有相同的勇氣，不會再飛蛾撲火，也不會再義無反顧。我終於知道，海是會淹沒生命的，也知道愚蠢如我是難以在那汪洋幽深的大海裡生存，我過於軟弱，無法在冷寒又湍急的潮水裡呼吸。我明白自己曾經傲慢地以為我可以穿越蜂擁熙攘的人群去到那個人的身邊，那時我真的以為只要有勇氣就可以去到我想要去的地方、抓住我想要的人，可是原來不是的，總有些東西是我們無論如何終究還是無能為力。

終於我聽見了後來的人的告白，他們說著一樣的話，用著相同的眼神，他們說著愛情就像是當初我說著「我喜歡你」那樣，只是我不再相信了，寧願不再踏進那片海裡。

表妹曾經見過我最頹圮、最不成人形的時候，我把自己關在一個腐蝕殘蛀的地牢裡，任由藤椏在我身上蔓生，荒廢了我的人生，寧願暗無聲息地做個沒有靈魂的骷髏，我和人們說，誰都不要管我了，讓我那樣子就好，拜託，讓我流放自己到世界盡頭的荒涼。

她說：「妳別再受委屈了。」

我說，好。

你會發現，歲月磨光的不只是稜角，還有那些奮不顧身的勇氣。

7

你知不知道，當你見過絕地的荒蕪，你就不再相信繁花的燦爛了。

8

妳說：「妳變了好多啊，親愛的。」
我說是，是的。
沒有一絲掙扎或辯駁，一泓深潭裡連風都拉扯不了漣漪的粼動。
我說是的，我變了。

9

有時候聽到好多的話，說你變了，變得不像以前的你了。
我那個時候都會想了好久好久，也會好難過，到底真的是自己改變了呢，還是是成長了呢，為什麼人們總是帶著失望的語氣來訴說著關於「改變」的那些事兒，彷彿我們都那麼害怕改變，變成自己討厭的模樣，變成不像從前的自己，或是變成不是大家眼中期望的樣子，是這樣嗎？
我不停地反覆思索著，曾經我認為改變是一件非常可怕的事情，特別是想到當初的你還有自己換了個模樣，特別是熟悉的感覺被漸漸磨滅的那種無力感，就像是望著從前的良辰美景，而我們都覺得再也回不去了，那些最好的風景只能在記憶裡尋回，所以那時我如此害怕著改變。

我想，我只要站在原地就好了，這樣子你們永遠都會看見我最初的模樣。

那時我親愛的她從美國寄來明信片，上面寫著「親愛的，每每看著妳寫的文章，我都驚嘆，妳怎麼可以變了那麼多，變成一個我不曾熟悉的妳。」即使驚嘆這個詞並非貶義，我仍能從文字的溫度裡感覺到她的失落。

我們從來都是那麼緬懷那個過去的自己。對吧。

然而會不會是這樣子呢，我暗自思忖：

也許什麼都會悄悄地改變吧。其實我們說著對方在變的時候，自己又何嘗不是在轉變著呢，而我們自己比誰都深深地明白——已經不再是最初的樣子了。

是的，我們可能真的跟從前的自己不一樣了，某一部分也許還留在過去，但有一部分開始走進了未來，漸漸地與過去的自己面帶微笑地揮手告別，可能我們在走著的路上會遺失某些東西，但更多的時候我們也有所獲得，或好或壞的收穫，眼淚和笑容的懂得，不捨與捨得之間的衡量，相遇和失去的釋懷。

於是我們在經歷這些過後，怎麼可能不會有所轉變呢，怎麼可能依舊像最初的自己那樣無動於衷呢，怎麼可能仍然無知如初呢，我們遇見那些心動和心碎的瞬間，於是我們在往後的日子裡便會帶著這些悸動的過往勇敢地向前走。

10

是的。我變了。

我不再相信愛情，不再相信相濡以沫的諾言，不再相信一期一會的相遇，不再相信有什麼是永磨不滅，我不會再奮不顧身像個不懂得世故的孩子，我不再強說著憂愁，我不再相信飄忽起落的感覺，不再會流著眼淚卑微地求他不要走，不再放縱地深愛一個人，不再執著地等待走了的人會回頭看看自己，不再放任自己沉溺在虛渺的感情裡面，我不再是五年前那個說著告白的話還會臉紅的女孩兒，不再是一年前強迫自己放下的傻瓜，也不再是半年前將就著去愛的女孩了。

你說我是不是變了許多。

我終於要停下腳步去審視過去的每個自己，我終於不再需要一直看著別人的目光，我終於可以用過去的傷與痛去告誡自己，我終於不再為難也不再勉強自己了，終於不是把那個人看作自己的全世界。

我終於要與自己和好如初。

11

無論你去到哪裡，無論你變成怎樣，你都要記住你最初的樣子啊。

12

我們也許不是改變了啊，如果換一種說法，也許我們只是成長了，變成了更勇敢的模樣，這樣子「改變」這兩個字是不是聽起來沒那麼沉重了呢？

我們不斷地尋找突破的出口，難道不就是為了遇見一個更好的自己嗎？

如果我們依舊停佇在那個最初的自己的位置，我們是否將永遠一成不變？我們是否將無法遇見一個更好的自己啊，你說對嗎？

我好想說，不要害怕改變。即使有一天你回頭望的時候，你將變成一個與以前的你更與眾不同的自己，也千萬不要害怕。即使有一天你覺得你變得更差了，也不可以氣餒，你要知道，其實我們終其一生都在尋找一個最適合的姿態活著，而這一切只是為了遇見一個更好的自己，僅此而已。

可是有一點千萬不可以忘記：你可以改變成任何的樣子，你可以焚燒自己只要你願意，你可以做任何事情只要你不後悔，你可以享受著屬於自己的成長和經歷。但是你要記住，無論你去到哪裡，你都要記住你最初的樣子。

記住最初自己走上這條路的模樣，記住最初為什麼要出走的原因，記住自己為什麼做這些選擇，記住最初的感動和初衷，記住自己青澀的樣子，記住自己的愚蠢和無知，也要記住自己的悲傷和疼痛，這樣子所有事情都會變得有跡可循，當有一天我們回頭望，啊，原來我也曾經是那個模樣啊，我們會懷念也會滿懷感激當初最真實又最透明的自己。

好嗎好嗎。

13

後來我才明白，無論有沒有改變，原來我一直都是自己的樣子，而唯有從不厭棄自己的模樣才可以變成更美好的自己。我們其實都該理直氣壯地做自己。

但願往後的日子裡，每當你回憶起過去的歲月，每當有人跟你說你變了，你都能坦然驕傲地對別人還有自己說：「我沒變。」
或者是說：「是的，我變得更加美好了。」

「親愛的，相信自己是你給自己最好的禮物。」

你總是自卑，總是不以為然，總是很悲傷，看見那些繁花散盡的場景後，你說你再也不相信世界上有深情的人，你總是問自己，做每一個決定的時候是否錯了。當有人質疑你的時候，你就開始責怪自己，你不相信自己是對的，你不相信自己能一直走下去，不相信自己有勇氣去面對那些難關。在那個時候，你想說，不如算了吧，有時候也並非一定要證明自己是對的。後來遇上喜歡的人，你都搖搖頭，你說你不相信自己終究會被愛，你說你不相信幸福會來，你說其實上帝不會眷顧每個人。你總是這麼想著，那些骨子裡的自卑讓你錯過時間裡的所有風景。

你不知道，相信自己其實是幸福的第一步，是你能給自己最好的禮物。

每天早上對自己說一句「你可以的」。

每天晚上對自己說「辛苦了，你已經做得很好了。」

辛苦了，晚安。

「其實這個世界永遠都不會變好的，但是親愛的你可以。」

#「善良是儘管對這個世界失望卻一如既往地溫柔。」

我們總是會問，我到底做錯了什麼，怎麼總是備受傷害，總是被人遺忘，總是做付出比較多的那一個，總是掛念，總是受許多委屈，總是有苦難訴，總是退讓，總是做主動的人，有時候心裡面會不斷地埋怨自己為什麼總是要忍受這些原本不需要承受的委屈，會怨恨自己的軟弱，會討厭這個不爭氣又懦小的自己，對嗎。曾經把這些善良看成自己的懦弱，狠狠地告誡自己必須把心硬起來，想要讓這些愚蠢笨拙的善良崩解在自己築起的硬朗裡，蒙混安生地當個犀利的人，避開所有的不幸，又或是躲開不必要的麻煩，隨波逐流當個普通人就好，何必看重那些世事。一定有這樣子警惕過自己的啊。

可是後來我想了想，遇見過好多的人，愛過爛人也做過壞人，你會發現始終善良看待世界的人有一種獨特的溫柔。他們不是不慍不怒，而是願意付出自己，願意原諒那些傷害的事，願意接受世界的不完美，願意從自己開始把溫柔延伸出去。

有些人會說這是傻。其實不是啊，傻是無意識的行為，所以總是退縮也總是忍受。但是善良不是蠢也不是傻，是一種信仰，是一種選擇，是一種生活的態度，是明知道自己會受傷卻還願意始終溫柔地對待這個世界，是儘管對這個世界失望也願意一如既往地溫柔。

善良是因為我們知道世界缺少了這一種溫柔。

「你要相信，溫柔的人總會遇到溫柔的事。」

我們豢養著什麼樣的柔情，就會滋長出什麼樣的神情。

你要相信，世界其實是這個樣子的，在許多的斷壁殘垣裡面也會驚見良辰美景，也會在眾多淺水浮花裡瞥見蒼茫肅殺。

你可以執意去看悲傷崩裂，也可以回頭看花季盛開。

臨暮的時候，你是眷戀夕陽的離去還是盼望著星辰的降臨？

其實只要你願意自己成為怎麼樣的人，你就會看見怎麼樣的世界。

你要相信，溫柔的人有著溫柔的磁場，有著溫柔的魔法，總會遇到溫柔的事情。

如果遇不到溫柔的人，那我們就去做溫柔的人。

如果遇不到溫柔的事情，那就去創造溫柔的事情。

如果看不見溫柔的世界，那就更要溫柔地看待世界。

「你就是你，是最獨特的自己。」

1

有好一陣子的時間，非常地討厭自己。

不管是笑著的自己還是哭著的自己，不管是優秀的自己還是頹廢的自己，也不管是堅強的自己還是脆弱的自己。那一段虛無的日子裡面，不曾搞得清楚，自己是從什麼時候、什麼地方、什麼原因開始這樣暗無聲息地討厭著自己。

彷彿身體裡面開始無由來地滋長出一些微小的水泡，它們蔓生在心臟最底層、最潮溼的角落，然後一發不可收拾地擴散開來，那些身體的養分同時豢養著我還有一個更深沉、更深處的一個自己。

而我，不容置疑地討厭「她」、厭惡「她」、排斥「她」這般像是與我雙生的人兒。

2

從什麼時候開始的呢。

從什麼時候開始這樣歇斯底里地對待這個和我共生在同一個身體裡的生命。

大概就是在她逐漸地變得優秀起來，逐漸地得到許多人的喜歡，逐漸地開始取代那個比較脆弱、比較自卑、比較負面的我的時候吧。

因為由衷地不喜歡這樣的自己吧。不喜歡自己悲傷、不喜歡自己流淚、不喜歡自己脆弱、不喜歡自己頹圮、不喜歡自己自卑、不喜歡自己敏感又不安。

3

於是她開始張狂了起來。

在我難過的時候，她代替我面向人群，擺出很從容、很快樂的笑容。在我很累的時候，她代替我站起來，繼續走在路上。在我想要逃離世界的時候，她代替我面對生活，面對整個世界的失望和那些銳利的刺。在我頹廢的時候，她代替我努力地工作，不曾埋怨。

每當那個時候，當我在「她」的保護下低微地呼吸著，盡力地想要隱藏起那個糜爛的自己，我都在想，得到稱讚的應該是「她」，而不是我，不是這個孱弱又頹唐的自己。

只是人們不知道「她」的存在。

4

身體裡面長了一顆氣球，它在緩緩地膨脹著，占據在細胞裡，一天一天地騰漲、沸騰蔓生，不知道什麼時候會炸裂，不知道什麼時候會爆發。

一天一天，持續滋生的不安和厭惡。

5

說起來，好像很荒謬。

許多時候，我也必須得逃到這個「她」的庇護之下，才得以喘息。儘管，我是這樣地厭惡著「她」。

換個方式來說吧，「她」大概就是我們所謂的偽裝。

只是這個偽裝有時候比你想像中的還要堅固且還要真實。

因為曾經這樣子由衷地打從心底地厭惡自己，所以只能這樣子偽裝下去了。

「她」就是這樣的存在。因為我生怕自己潰爛的實體暴露在人們的眼光之下，所以只能夠這樣子偽裝下去，儘管全部都不是真的，儘管這些偽裝越來越真實，真實到有時候連我自己也開始搞不懂是她在偽裝成我還是我在偽裝成她。

這些游離的日子過下來，那些矛盾擁堵在身體的各個角落，然後漲發了起來，它們不安分地叫囂著，只是在皮下徒勞地沸騰滾燙著。

而我，沒辦法去面對，一邊是美好得太虛假的我，一邊是太醜陋的我。

6

我想都是因為人們太過於追求一些美好的事物了。

所以我們才會漸漸地離自己越來越遠了。

7

於是一切都駁裂在我得知自己患上憂鬱症之後。
一切都粉碎了，無論是美好的還是虛假的還是醜陋不堪的我。
那個精緻的面具終於出了裂痕，她不再能夠完整地掩飾原本的我了。
畢竟，她終究不是真的啊。
於是渾黑的影子終於暴露在陽光底下——是個悲傷、脆弱且自卑的女孩。
原來這才是真正的我啊。並不是那個處處樂觀，事事能幹，溫柔善良的人，而是一個會因為細小的事情而感到悲傷，會因為對世界失望而想要躲藏，會因為自己不足而責怪自己的女孩。
我想起了輔導老師說的一句話：「也許妳本來就是個悲傷的人。為了看起來不悲傷，於是妳用盡了各種的方法去假裝快樂。」
我想老師說的話沒錯，因為是個悲傷的人，所以嚮往自己快樂的模樣，但是漸漸地，心裡的縫隙越來越大的時候，才發現那個被自己藏在很深處的人兒，從來沒有得到來自於自己的任何體諒。

8

於是追著一個影子不斷地跑、不斷地跑。
忘了那些都是捕風，都是捉影。

9

我想現在我可以慢慢地面對了，當個悲傷的人沒關係啊。
就像是這個世界上有高的人也有矮的人，有男的有女的，有樂觀的人有悲觀的人，有快樂的人也有悲傷的人。所以不要再為成為一個悲傷的人而感到抱歉。
那些都是你，好的壞的，也都是與生俱來的你。
你就是你，是最獨特的自己。

「以後，我要成為那種我渴望遇見的人。」

▶

：「你想要成為怎麼樣的人？」

：「你想要遇見什麼人，那你就去成為那樣的人。」

我想要遇見這樣的一個你。

沒有太多華麗浮藻的外表，不用是人潮中最閃閃發亮的那顆星星，不需要過於美好和皎潔的個性，不用是所有人都羨慕的那樣精緻又細膩，不用強大到能夠抵抗所有來自世界的痛楚，不用為難、不用委屈、不用勉強自己站在人群中的高處供別人抬頭仰望，不用做眾人心中崇拜的完美模樣。那樣的一個你，一定太過孤獨也太過於遙不可及，我深深渴望遇見的你不需要是那個模樣。

我希望你是一個平凡的人。

在歲月裡安靜沉寂，溫柔地跌倒過，也溫柔地爬起來。

念舊的個性成就了一個深情的人。

偶爾任性地放任自己沉浸於回憶之中，懂得過去的美好所以更加珍惜未來的每一個時光。

手握著執著不慌不忙地走向自己想去的地方，踩著的每一步都牢牢穩固並且帶著敦厚的笑容和過去揮手說再見。

無論好與壞也從不貪婪，感謝自己擁有這些層層斑駁的繁花綠葉。不自怨自艾地責怪世界，反而感激傷痛給予自己和悲傷和平共處的機會。敢愛也敢恨，勇敢地去感受生命每一個跌宕的律動。張狂地去飛，用一個溫柔的姿態擁抱世界，擁抱自己也擁抱那個對的人。能不能這樣子。

想要遇見這樣的一個人。想要成為那樣的人，想要成為那個誰也渴望地想要遇見的人，想要變成那個模樣和你相遇。

因為我想要的你那麼美好才會讓我有了這樣的盼望，也因為有了這樣的盼望，於是我也想要給你一個那麼美好的自己。

在更迭的流光韶華，我願成為那個我渴望遇見的你，然後不慌不忙地隨著緣跟著分，輪迴一整個天荒與地老。

好嗎，好嗎。

「盡情溫柔地活著如同蜉蝣。」

「蜉蝣」這種生物，是一種朝生暮死的昆蟲，只擁有很短很短的生命周期，極度微小又短暫的生命，卻在飛躍的過程中誕生、相遇、戀愛、錯過、繁殖、消逝、死亡，在那短短的卑微時間裡，燦爛地飛舞著，溫柔地與世無爭。

我想要成為這樣的生物，人的一生其實沒有那麼長也沒有那麼久，沒有那麼多的時間去自怨自艾，我只管著用自己覺得漂亮的姿勢生存，墮落或閃耀都與他人無關，因為生命極度短暫所以才要更加燦爛，更加燦爛才可以無悔。

溫柔地、溫柔地像一隻蜉蝣或是繁花——微風動葉，自開自落。

嘿，我要去流浪了，我要去逃亡了，我要去沒有人認識我的地方，我要忘卻所有的人事物，我想要熱烈地擁抱這個世界。

你們知道嗎，有時候人要有說走就走的勇氣，離開那些無可逆轉的錯誤，華麗地轉身，然後向前走。

走吧，我們去顛沛流離。

「我始終相信，
會有一些人的存在，
讓你稍微對這個世界有所期待。」

#「人生就是連續不斷地相遇和錯過的總和。」

◗

1

很多時候都覺得我們都只是被承載在巨型蜿蜒的火車上渺小的人群。

2

一年過去了。

好像僅僅是四個季節，十二個月份，三百六十五個日子，這樣子不斷數算這些漫蕩蕩的時間，又浮現出當初自己無恐無懼的臉孔，我拉著三十公斤的行李，說了聲掰掰之後就走進了離港大堂，那天的三個半小時之後，我拖著沉重的行李箱走出仁川國際機場的大門，零下的氣溫，用光我全身的溫度也不足以抵擋的刺骨寒風，我穿著一件衣服一件外套，吐出白靄靄的氣煙，孤零零地佇立在那裡，是一個我完全不熟悉的國度。

當時之所謂是當時，它在往後的日子充分地發揮了它本身純粹的作用——作為記憶，作為經驗，作為一種對於自己生猛過活著的痕跡，這樣存在著。

後來，或是今天，回想起來，也僅僅只是回想起來，唯一的印記。

3

什麼會不朽。

縱使每天反覆看著自己打上這個名字也還是無法回答出來，不朽是什麼，永不磨滅的是什麼，無法失去的是什麼。

就算如此，還是不斷一天一天反覆地提醒自己——

在每一個須臾的瞬間留下一些不朽的東西。

4

人生第一次看見雪。

二〇一五年的三月初，大韓民國首爾市黑石區中央大學宿舍十二樓凌晨三點。

窗外是一大片灰濛濛的天空，蒼勁的山群，光禿禿的大樹，枯瘦地排滿整座山頭，陌生的視線俯瞰下去，迷漫又岑寂的山巒，從那遙遠又沉黑的天際一瀉而來，白花花的細點，一點、兩點……像是從幽遠未知的宇宙灑落下來，人們稱之為，雪。

那個時候總是想起《詩經．小雅．采薇》：「昔我往矣，楊柳依依。今我來思，雨雪霏霏。」引用網上的譯文：「回想當初出征時，楊柳飄飄隨風吹；如今回來路途中，大雪紛紛滿天飛。」

根據物理的常識，說不定我那個時候看見的每一粒雪，曾經來自我熟悉的大海，來自那朵綿密的雲，來自我眼睛掉落過的鹽分，來自那些凝結後蒸發的雨水，反覆，循環，輪迴，周而復始。

有時候事情或許就是這樣，所謂的滄海桑田，好像什麼都沒變，一回過頭來原來什麼都變了。

五歲的時候問著世界我是誰。
七歲第一次種下夢想的種子。
十歲依然覺得世界上歡笑會比悲傷多很多。
十二歲寫下的第一篇得獎的文章。
十三歲第一次愛上一個人。
十五歲明白了承諾的效期只限制於當下。
十六歲嘗試著那些失去時撕裂的痛。
十八歲告別所有熟悉的自己往世界的巨河奮身流浪。
二十歲我仍然問著自己是誰。
周而復始。
往復相承。

5

提問時間：
當初說過會一直陪你的人還在身邊嗎？

6

這些年和多少人說過「你好」，數算不清了。

在韓國生活的第一天，二月二十六號，仁川。拖著笨重的行李的笨重的自己。等到了同一間學校的學姐。那天晚上宿舍還沒開放，我們必須找一個地方住下來，最後在仁川附近一個杳無人煙的地方入住，那個地方也沒什麼吃的店家，於是我們的晚餐要走二十分鐘的路到鬧區才可以解決。

「妳是外國人嗎？」

「對啊，我們是來韓國交換學生的臺灣大學生，我是香港人。」

「哇，妳真的很勇敢。」

用著還算純熟的韓語，我回答民宿的主人。

當時零下，活了那麼久第一次明白原來冷的感覺好痛，忘了是什麼痛，可以很刺很痛很真實。

如果說來到臺灣是為了追逐自己對中文的執著，是第一次徹底的出走，那麼在這趟徹底的出走裡，我又踏上了另一趟出走的旅途，離家出走，遠走，去到一個未知的國度用著一些未知的語言，實現著一些永遠無法預知的相遇，每一秒迎面而來的未來，誰來，誰不來，誰在路上，誰持續在這條不斷往前捲席著的軌道上，蠕蠕而行。

不是那種預期的旅行，而是真真切切的流浪，沒有任何防備，沒有任何後路，僅僅是望著地平線上的那個太陽，不斷地往前跑、往前跑，跑進無窮無盡的宇宙裡。

7

——你很勇敢。

——你真的很勇敢。

8

下雪的那天晚上我發了高燒。

沒有室友的關心，沒有家人的照顧，沒有誰的叮嚀，我倒頭大睡，渾身熊熊燃燒的烈火，不用去管世界的聲音，不用去管白天和黑夜的限制，彷彿置身在一個孤島上，最大的聲音來自自己，最好的夥伴是自己，最大的安慰是自己，最大的賞賜通通都是自己。

自己的路，自己的海，自己的日子，自己的時間，自己的陪伴，自己的愛與恨。

於是那天晚上凌晨三點，外面皚皚的雪花，天地形成一片潮溼的霧氣。

有誰，沒有誰。

9

活著就是不斷地相遇和錯過。

那段日子裡每天都遇見不同的人們，男的女的，我們遇見，我們交錯，我們告別，我們錯過。

閉上眼睛的時候，時空常常會交錯，我會回到第一次見到他的時候，在那個時刻裡面，我們好好地在年華裡相遇著，輕輕地說了聲「你好」，像數千百萬次和陌生的臉孔遇見一般，和你展開似曾相識的故事，又有著感同身受的別離。

曾經在《離岸》第九章裡面寫的：

其實每個人的生命都是單獨的一條直線，而他和她就像是橫和直的線，往不同的方向徐徐地放射出去，這些縱橫交錯的線會在某一點交匯在一起，重疊的時候有時會讓她誤以為他會一直和她並肩在同一條軌道上行進著，可是啊，她總是忘了他們兩個要去的地方終究不一樣。

「喂，會不會有一天我們的生命不再連在一起？」

大概那個時候，我會安靜地看著你離開我的世界，像水蒸氣迫不及待地消失在空氣中。毫無痕跡得讓我惶恐。

這段是在韓國的某一天寫的。我寫下這段文字的時候，哭了好久。

我流著眼淚，想問是不是相遇就代表離別的開始，也像是故事一旦展開，就需要一個結局來完成它。

10

很多時候都覺得我們都只是被承載在巨型蜿蜒的火車上的渺小人群。

人的一生像是這列火車的旅程一樣，上面坐滿著黑壓壓的人群，密密麻麻充塞著整輛列車，我坐在靠窗的位置，可以清楚看著每一個上車和下車的人的臉孔。

在恆久不滅的時間裡，有些人會帶著冀許上車，在不同的車廂裡遇見來自不同國度的人們，彼此僅以彼此的存在來維持生命的弧度，這列一刻不停的列車會迂迴前進，經過熙攘的世界末端，極致的寧靜或是紛亂的喧囂，在某些高山或是盆地會有人上車，同樣也會有人下車，概莫能外。

每次的開始和結束。

每次的擁有和失去。

每次的你好和再見。

每次的相遇和錯過。

你，我。

11

許個願吧。

我會好好地和你相遇，擁有著平凡的「你好」，我們緩緩交換著生命的信息、名字、性格、記憶，我們會在最美好的時光裡親吻彼此，擁有著對方的一切，然後迫不得已要告別的時候，我會好好地送你走，或是好好地跟你說再見，我會笑著，像是當初和你說「你好」的那樣子說「再見」，雖然很多時候我們都深深地明白再見裡面包含著的意思其實就是我們說不出口的，再也不見。

12

「你好。」
「再見。」

「溫柔相待，才不辜負相遇在茫茫人海。」

每一個人出現在你的生命裡一定會有他的意義。

也許是出現在你單純無知的年紀，教會你什麼是愛也教會你什麼是痛，那時的你曾歇斯底里埋怨過愛情也埋怨過他，在那些無數個痛不可當的夜晚裡獨自撐過，想念是如此地漫長，你花了整個青春去愛的一個人，卻又終究要再花上你往後的年華去遺忘他，他就像是微小的細菌卻深深地注滿你的血液裡面，曾經每一下呼吸都有著他的痕跡，想念變成了你的習慣，往前或回頭已經沒有用了，他終究變成了回憶，封鎖在了過去，連同那個稚氣的自己。

也許是出現在美好的花季年華，你終於開始懂了愛情裡面不止有幸福還會伴隨很多的悲傷、很多的不安、很多的痛苦，你開始走得戰戰兢兢，你愛得如此小心翼翼，甚至從不把自己的想念和悲傷說出口，你以為那個人會懂，你以為一味的付出就是至高無上的愛，你以為等待就會換來美好的結局，你想著也許這個就是對的人吧，然而又從高空狠狠地墜落，你再次感到失望，再次感到疾厲銳痛，你或許被背叛，心頭被用力地割上好幾刀；或許被丟棄，終日不斷自卑於自己的不足；或許被荒唐對待，終於被束縛於那些稀稀落落的愛情裡面。

也許是出現在你心灰意冷的日子，你不再奮不顧身地撲火，你在人潮中遇見了好多的人，你開始疑惑自己是不是失去了愛的能力，你像是一隻懼高的貓卻渴望去聳高的天際，你想要愛、想要幸福，卻因為恐懼而不敢再踏出自己作繭自縛的門，有時候有人來敲門，你想要走出去可是你沒有力氣了，你害怕再次走進那條明亮而斑駁的街衢上，你害怕再次被愛情吞蝕，你發現你輸不起了，於是願意安之若素地躲在那個與世無爭的繭裡，後來誰出現了，那個敲門的人仍然還在，他沒有走，他在等待你傷痛過去的時候，他不想硬生生地逼你面對，他告訴你這撲天地大的世界裡其實還有深情的人，你慢慢來，我慢慢等。

每個人出現在你的生命都一定有原因。

你喜歡的人給了你變得美好的動力以及那些綿綿密密的想念，你學會了自卑，學會了付出，學會了什麼叫做不顧一切，學會了什麼是犧牲，學會了事情不可以勉強，你學會了如何離別也學會了如何祝福。

喜歡你的人帶給了你像冬日的太陽般的溫暖，也給了你像是潮退時的海水般的溫柔，給了你最義無反顧的陪伴讓你撐過那些滂沱大雨的夜晚，你也許從未懂得感恩也從未回頭去看他們，可是他們就在那裡從未走遠，經過年月，你學會了感激，學會了珍惜，學會了感謝也學會了心疼別人的付出。

你不喜歡的人教會你尊重和寬容，世界不是每個人都會照著你想要的樣子生活，世界是寬大的，而自己是渺小的。不喜歡你的人教會你自我反省、自我提升，你會慢慢地成長變成更加好的一個人。傷害你的人教會你原諒，你終有一天能夠笑著原諒那些過錯、那些曾經。你傷害的人教會你後悔和遺憾，要你懂得原來自己曾可以是如此殘忍的人。

你看，每個人的出現都有原因，我們都該心存感激。

我們一輩子會遇到好多的人，甚至我們不會數算今生遇上了多少的人，終有一天也會漸漸地遺忘那些曾經在我們生命中深深地留有摺痕的人們。我們無法數算以後會一起走多長的路，只能相約做彼此生活中溫暖的存在。所以，請善待在人生的花開花敗之時每一個相遇以及錯過的人。那些以後也許再也沒辦法再見的人，絕對不要怨懟彼此，好不好。

以後我們就溫柔相待，這樣子才不辜負相遇在茫茫人海。

「我要趕在最燦爛的花季，用最美好的自己與你相遇。」

對在乎的人最好也是最溫柔的方法是給對方一個最美好的自己。
你知道嗎，我願意，為了你，成為更好的自己。

「愛情的模樣，其實從來不需要答案。」

◗

1

是不是所有的問題都可以找到答案。
是不是任何迷失的路途都能找到出口。

2

從前就很喜歡「一往情深」這個詞。
小時候一直以為愛一個人是一輩子的事，是一種強大又溫柔的存在，那種存在可以超越世界上所有紛亂的事物，明明自己什麼都沒有僅僅只是靠著一顆純粹又滾燙的心臟，就可以穿越霏霏浩瀚的天地，穿越藏藏蒼蒼的高山，穿越載浮載沉的深海，穿越飄忽起落的陰晴雨雪，穿越數以百萬喧囂的人群，穿越九千萬呎邈遠的距離，穿越浩瀚斑駁的春夏秋冬，穿越寬柔深邃的眼神，穿越那些如鯁在喉的痛苦，去到那個人的面前。

曾經，對我來說，愛就是一個這樣的定義。像我寫的：曾經我們窮極一生說過一輩子只愛一個人。

這樣子在歲月裡，安然靜好，溫柔不爭，甘之如飴。

3

如果說文字限制了些什麼的話，那一定是當時我愛上你的感覺。

永遠無法確實描寫著心動的感受。

第一次愛上一個人。什麼是心動。

像是輕輕被撩動著髮絲那樣舒服的感覺。

像是傾灑在平靜湖面上的雨水，然後濺起一陣又一陣綿綿不絕的漣漪。

像是被悶在一間濃煙密布的房間裡已經失去想要逃出去的力氣。

像是看著一望無際的天空伸手卻觸及不到的無助絕望。

像是我只擁有一滴水卻盼望要給你一片海洋的狂妄。
像是我的心就只有那麼大而你卻占據著我的心以及以外的整個世界。
像是發燒那樣渾身滾燙而我始終朦朧地醉在有你的夢裡。
大概是這個樣子。只能大概。大概關於那個時候愛上你的感受。無法盡訴也無從盡訴，因為太愛了太愛了，再說些什麼也都無法概括當時的我有多愛你。

4

什麼是愛。
妳說是疼惜。
你說是包容。
她說是感受。
她說是生活。
他說是接受。
他說是幸福。
他說是習慣。

好多好多不同的答案，或是其實並沒有答案，愛的真實面貌是什麼，最純粹的愛是什麼。

於是好多人愛了，也只是愛了，用了他們各自不同的方式，劇烈的、平淡的、疼痛的、閃亮的、小心翼翼的、惴惴不安的、習焉不察的，去愛，於是不停地在追逐著愛，追求著愛的時候，遺忘了最原本最純粹的愛是什麼。

沒有答案，沒有公式，不是練習題，不是國家考試，卻是一輩子終生在徘徊尋找的事。

5

「愛是陪伴，是此生不換，是永不磨滅的溫柔目光。」

一秒之內不假思索地回答。

一起走。

6

總是能夠想起那個時候的事情，彷彿像是滲入神經末梢的粉末般，完完全全溶解在自己的血液裡面，每一次的呼吸都伴隨著深深刻刻的鈍痛。比起快樂、心動、幸福、激動來得更多的心痛、悲傷、難過、壓抑、忿恨、疑懼、頹圮、歇斯底里、作繭自縛的感受。

無數個在寂靜中輾轉難眠的黑夜，也還是會浮現出當時的畫面。夜裡被微弱的燈光斜照在地面上並肩的倒影，我流著淚水的眼睛望著他有點遙遠和陌生的側臉，深藍如墨的天空好像有幾顆星星，心裡面崩裂出越來越大的罅隙，盡是痛不可當的想念和不捨。

我問他：「你願意等我嗎？」

盤踞在夜空中的月亮越來越淡去它的顏色，剩下滿地碎落的月亮殘骸，杳無生息的寂靜，我終於懂了，是他最後的答案。

甚至沒有說出口的那些話，我好像都懂了，什麼都懂了，駁散在巨大的世界裡的我們，被時間的川流沖陷的我們，擁堵在紛紛紜紜的人群中的我們，殆盡的我們，以及往後的日子只能在回憶裡相遇的我們。

看著他的背影，看著他離我而去，看著他一點一點地消失直到我完全看不見，看著他逐漸離開我的世界，他終於啊終於不再屬於我了。

最後他不要了，我，或是回憶，他都不要了。

那已經是四年前的故事了。

還有好多散落成碎片的故事情節啊，我逐件逐件細數著，卻甚至到了最後拾零這些碎片的時候還會割傷自己的手。

徹徹底底顛覆了我對於愛所有的定義。

所以愛是什麼呢，那一刻在暗無聲息的街衢上我送走了他的背影，直到他完完全全離開我的世界，那些漫漫堆累的疼痛還有悲慟終於傾盆如注，灼傷了我的眼睛以及我的呼吸，我整個生命像是被愛腐蝕殘蛀般，深陷在那個濃稠酸蝕的沼澤裡。

7

所以。

愛是什麼呢。

本質是什麼呢。

我在很早很早的時候就已經準備好聆聽答案了，只是你怎麼還不來呢。

找個人告訴我吧。或是用畢生的力氣來訴說給我聽吧。

初衷是什麼呢。

8

像風的吹拂沒有原因，樹的根生沒有理由，天和地的霏霏滋長也全都沒有為什麼，不用去追索花為什麼開，春天為什麼存在，四季在那裡安之若素地運行，沒有誰可以解釋，我們甚至也不需要得到答案，還是可以好好地存活在這個世上。

其實也不需要有答案啊。

所以愛是什麼呢。

這一個我不再是七年前遇上初戀的時候的女孩，也不再是四年前被愛情磨滅至死的我，後來看過那些關於愛的稀稀落落，我終於可以好好地回答這一個問題——

9

愛是光，是你永遠想要追逐的方向，是你願意經過漫長的黑暗等待的黎明，是整個宇宙最無可質疑的定律，是活著的美好，是魚的海，是我無法完全占有的天地。

你所有感受得到的都是答案。

愛可以什麼都不是，如果你願意，愛可以什麼都是。

愛是你，愛是我們，愛是一起走。

10

那就這樣吧，我們。

不再問什麼是愛，只要好好地愛著。

「愛一個人始終是件溫柔至極的事。」

「愛一個人是最幸福的事。」

很多時候啊，我們會被那些巨大的不安、痛不可當的情緒、濺落的憂愁、潰散人心的痛楚，這些在愛裡蔓生的枯藤而湮沒了那些最初在心房上美好的悸動。我們會忘了最初的心是怎麼樣因為一個人而瘋狂地跳動著，我們會忘了那些相煦以溼的盼望，我們會忘了在熙攘的人群裡抓回最純粹的那份心意，忘了第一句「我喜歡你」是懷著什麼樣的感動，也會因為時間的推進而遺忘自己曾經說過的那些綿長蝕骨的諾言。我們終究在時間裡面迷失了自己最原先、最純粹、最明晰的那個自己，以及那時的自己懷著那份關於愛的初衷。

後來我們都不再覺得愛一個人是那麼幸福的了。我們會開始討厭一味地付出，討厭那些永不休止的等待，討厭那些鋪天蓋地的失望，討厭像傻瓜一樣的自己，討厭那些一去不復返的愛，於是人們總是說，被愛的人比去愛的人更幸福。

其實不是這樣的，我們只是忘了那些熾熱的感動而已。

你要相信，愛一個人始終是件溫柔至極的事。你會因為一個笑容而得到無限的滿足，你會因為一句話而擁有最浪漫的悸動，你會感激世界上有那個人的存在，你會覺得與他相遇是世上最美的事情，你會想要把此生所有的溫柔全部給予他一人，此生不再。你會擁有許多美好的期盼，想要和他走遍千山萬水，想要他畢生就是你的餘生。你會對於生活充滿著滿滿的力量，你會想要為了那個人而一直不停地奮鬥，你會從此想要當個美好的花，只為了他一個人綻放。你看啊，那麼多的溫柔、那麼多的盼望、那麼多的美好，我們怎麼愛著愛著就遺忘了呢，怎麼後來就被那些不安、失望、疼痛、悲傷、患得患失、難過失落覆蓋了那麼多幸福的感受呢。怎麼在那些無聲的轉身之中失去了彼此了呢。

要一直記得喔。愛一個人始終是一件溫柔至極的事情。當你愛著誰的時候，你的心會變得很柔軟很柔軟，足以原諒世界上許多的痛楚，也足以看開許多無解的遺憾，足以變得屹立不倒，足以變成一個只為一個人而美好的人。愛一個人不僅僅是溫柔了那個人，還能夠溫柔自己那個孤寂的世界。你只是需要相信，你在愛一個人的時候很美好很美好，這樣子就夠了。

好嗎好嗎。

「也許我們在任何一個時段都在學習著如何去愛。」

愛一個人就像是候鳥一樣吧，用盡畢生的力量學會怎麼飛翔、怎麼遷移、怎麼同行、怎麼離別。

有時候愛一個人愛得太灼熱，愛得太滿太溢，愛得萬花落盡，愛得沒了自己，就像是伸手去摘一朵帶刺的薔薇，因為握得太緊又免不得被刺得遍體鱗傷，少不了滿身瘡痍，因為愛得太多而截斷了給自己的溫暖，然後從高空中狠狠地墜落，飛不起來也愛不起來了。

有時候愛一個人愛得太沉默，沒有人聽到自己心底最深切的聲音，於是只有自己內在不斷地磨損，噙滿滿腔的委屈，卻也無人懂得自己的悲傷，因為太過於忍耐、太過於卑微、太過善良，所以總是把傷害都給自己，把自己藏起來，孤獨地把所有難過都處理好。

有時候愛一個人愛得太驕傲，沒辦法承認自己的缺點，沒辦法承認自己不是那麼雲淡風輕，沒辦法放下那些所謂的自尊，無法直視那些封存很久的塵埃，無法走進破裂的縫隙裡，無法接受那樣殘破不堪的自己，於是用盡全身的力氣和自尊心撐起整個平淡不在意的樣子，可是卻始終沒人知道你其實沒那麼了不起。

有時候我仔細想想，好像從來沒有人告訴我們要怎麼去愛一個人，怎麼樣去被愛，怎麼樣去溫柔對待，去善待那些進入我們生命中的每個人。

於是我們和這些人有了一期一會的相遇，有些人留下了，有些人走了，此起彼落的旅程裡面，慢慢地、慢慢地經歷了不同的愛。

在太愛一個人卻狠狠受傷之後，我們學會了緩緩地去愛，輕輕地去愛，然後久久地去愛，懂得愛裡的成分任何一種都不能太多。

在愛得太過於卑微而跌傷之後，我們學會了在愛裡面放一點自己的影子，放一點點自尊心在愛裡面，而不再一味無條件地付出。

在愛得太沉默之時，學會一點一點地依賴，一點一點地訴說，說自己並不可以，並不是沒關係，不再把自己藏得那麼深，學著分擔和分享。

在愛裡太自傲而失去的時候，我們學著怎麼放下自己，學著了解別人的傷痛，即使無法身受，也試著去感受，漸漸地明白我們都是在愛裡脆弱的孩子。

我們都得要經歷些什麼才會慢慢地學會怎麼去愛吧，所以即使是受傷、即使是失去、即使是分離，也是一件美好又溫柔的事情吧。

畢竟我們走了那麼長的路到了這裡，都要漸漸成為一個更好的人才可以啊。

我想我們就像是候鳥一樣吧。

有時候會飛離原本的航道，有時候在哪裡碰了壁就得重新到對的方向，有時候自己覺得對的事情也許對於對方來說並不是最好的。

也許我們只是需要一點時間再慢慢地磨合，再慢慢地變得更好。

你說對吧。

「只是我們每個人愛人的方式都不一樣。」

◗ 1

日子泛濫成沙河。

就像是漏進時間裡面的沙石，這樣的日子太過於細碎了，細碎得無法堆積成歲月，細碎得重新拾獲起來又輕悄悄地從指縫間溜落，已經再也無法描寫日子堆砌成沙漠的模樣。

從前的時光隔得很遠很遠，許多的時候我不敢回頭去審視過去的自己，總覺得需要用很大的力氣在回憶裡把曾經走過的路重新走一遍，無論明媚，無論陰霾。

2

該怎麼找回那些丟失了的時光。

隔了一年才回到曾經熟悉的家，心裡面有一些細微的牽動，看著一些地方慢慢地改變，變得再也不是我離開時候的樣子，可是那種感覺卻從來沒有改變過，我知道，那是我的家。

父母分開了，而且已經有一段日子了。

家裡再也找不到曾經的樣貌，它一點一點地變質著，再也不是一個完整的家，不再是。

打開門的時候，我仍然能夠想像父親站在哪一個位置迎接我，他會說著一些什麼樣的話，有著什麼樣的表情，做著什麼樣的動作，我通通可以歷歷在目。

——吃飯了嗎？

——吃了些什麼？

——怎麼瘦了啊？

——有沒有睡好？

嘮叨的聲音縈繞在耳旁，而我太厭煩那樣的話，所以總是選擇視而不見。

可能我們每個人都有想要得到的愛，以及給別人的愛，而這兩者從來不對等。

只是我不知道，那是愛的一種。

3

結束了一種愛情。

不是因為不愛了，而是因為太愛了。

她傳了信息給他，說兩個人只能到這裡了，那是那年冬天裡最最寒冷的夜晚，也成了她記憶中最最寒冷的日子。

也許是初戀吧，總是覺得得要無條件的犧牲和奉獻，於是在日光最和煦的青春歲月裡，她把大部分的時間都給了他，為他學會了忍耐，為他流了好多眼淚，為他沒了自己，為他背叛了全世界。

即使是這樣，還是很喜歡很喜歡，即使他依舊無動於衷，她還是很喜歡很喜歡。

在她那狹窄卻溫柔的世界裡，愛就是付出。

哪怕他從來沒說，她太好了，好到他覺得他不配得到那樣的好。

也許對某一些人來說，付出就是愛的一種。

4

時間又被拉遠了一些。

回到更小的時候，父親是個對我很嚴厲的人，儘管他只輕吼一聲，我都覺得我的世界要崩塌了，對於我來說，他就是一個絕對威嚴的存在，不敢抗逆。

於是只能做好，只能做得更好。

後來慢慢地跟著回憶的脈絡一步一步走回從前的片刻，用一種第三人稱的視角去審視著過去的畫面，在我沒有看到的地方，父親也許因為怒罵過我之後，偷偷地流起了眼淚。

如果把所有的場景放在顯微鏡下不停地放大檢視，是不是會發現，原來每個人都有自己愛人的方式。

5

也許對於某一些人來說，離開是最後也是最溫柔的愛。

像刺蝟想要擁抱愛人一樣。

6

時間飛躍了好幾個年頭，離家的這幾年，我很少見到父親母親，多的話一年兩三次吧，少的話可能一次。

大部分的時間我都把自己照顧得很好，無論是上班、上課，還是各種瑣碎的繁雜事，已經不再需要動不動就倒在他們的懷裡痛哭著自己的委屈，已經不再需要有什麼煩惱就和他們訴說。

不再會問他們拿錢，我可以撐起自己的生活，儘管有時候還是很貧乏。

不再需要他們擔心學業，我可以好好地讀書，好好地上課寫作業。

不再需要他們的擔憂，我不再脆弱，我可以慢慢地強大起來，我可以好好處理自己的情緒。

儘管有些時候仍然覺得難過，覺得世界要崩塌下來，覺得自己再也撐不下去，那個時候我仍然會對他們說我很好，我沒關係，不用擔心我。

在我沒辦法陪伴他們之時，好好活著是我愛他們的方式。

7

只是偶爾，非常偶爾，在一個人走回家的路上，夜晚還深邃，風仍然輕輕地吹拂，車輛行駛來往的聲音，天邊的月亮和不顯眼的星星，冷冷清清的街衢上，會淡淡地想起他。

不知道他過得怎麼樣，即使好或壞都再也與我無關了。

這樣的情緒很輕很淡，像是枯萎的樹梢不小心掉落到池塘裡面，柔柔地掀起了一波漣漪，但很迅速，又被雲風微微吹過，吹散了所有的記憶，一下子又重新回復成平靜的海洋，彷彿全世界都不知道這片樹梢的跌落，只有我，目睹著那一刻，然後來不及驚嘆，又過去了。

被溶進時間裡的記憶。

想起他就會想起他走的時候，我寫著「我覺得這世界最溫柔的事就是送在乎的人走他想走的路」。就算那裡沒有我。我想他不知道吧，我曾經這樣子送走了許多我視之如命的人啊，我寧願相信他們始終會在離開後更加幸福，我寧願相信他們只是迫不得已地放下而不是後悔當初的決定，我始終寧願當個溫柔的人。

所以他走的時候沒有回頭，而我在我幾百個表情裡面，選了一個笑臉，目送他離開我的世界。

這會不會，就是我愛他的方式。

8

又結束了一段旅程。

從沖繩回來的時候，仍是夏至，貪戀著鮮豔的海，游離在橫亙的天和地之間，總要等到時間過去了才真正地去回望這段旅程中的一切。

倘若把人生想成是一次巨大而緩慢伏行的旅程，獲得些什麼，懂得些什麼，失去些什麼，好像都會被時間拉得很長很長，長到把這些得失慢慢地淡化，長得有一天我們慢慢地遺忘所有過錯和錯過。

果然時間真的是一個很好的量詞吧。

不敢說已經非常懂得「愛」這個字，甚至還是很多時候不懂得怎麼去愛，怎麼被愛，怎麼了解愛，怎麼原諒愛，而愛，太過複雜了，複雜得只有親身去經歷些什麼，才能更加懂得些什麼。

所以這些歲月還不夠，還不夠我懂得那些我生命中的愛。

畢竟，畢竟。

我們懂得的太少，遺忘的太多。

9

當然無法全然理解別人的愛。

就像我們無法做到感同身受，無法懂得那些別人身上的切膚之痛。

我們並不會非常喜歡別人愛我們的方式，就像是別人也不全然喜歡我們愛人的方式。

只是，可以慢慢地去懂得了。

緩慢地，緩慢地去感受，每個人的愛，怎麼在別人的生命裡撒落一些種子，而那些種子怎麼在自己的歲月裡花開成簇。
原來每個人的愛都不盡相同，就像是花開花落也有千百種模樣。
有的綻放，有的瀲灩。
有的溫暖，有的遲漫。

「你要相信，我們永遠不會失去愛人的能力。」

女孩愛過一些人，也曾經被一些人愛過。
有時候已經說不清楚那些感情給她帶來過什麼傷害，只知道她的心臟在一點一點地破洞，來不及去修補那些螫人的罅隙，新的裂痕就開始不斷地向外蔓延。
一次次的戀愛，都摧城掠地地摧毀著她。
直到她覺得她要喪失去愛人的能力了。
那種感覺就像是太用力地愛一個人，用盡餘生所有的努力和溫柔專注在那個人身上，到後來花光了自己的力氣，後來已經再也沒有信心也沒有能力去愛別的人了。
如同在失明之前已經見過世界上最美的冰極也看過最絢爛的彩虹。
再也無法期盼些什麼了。
又或者是，心底太過於荒涼無草，再好的種子也開不出精緻的花來。

——再也不會像喜歡他那樣喜歡另一個人了。
——如若非他，又何必將就。
——花光所有的力氣又要怎麼重拾愛人的勇氣。
所以在後來的日子裡，女孩再遇到些不錯的人，也就搖搖頭，說一聲算了吧。

可是你有沒有想過，親愛的，其實我們永遠不會失去愛人的能力的。
只要世界足夠的大，餘生足夠的長，肯定可以等到有一個人出現在你的生命裡，重新點燃起那灰飛的廢墟。
他會輕柔地拔除掉你心裡面的刺。
他會在荒蕪的孤島上悉心地照料好每一株絕處逢生的花草。
他會撫平所有尖銳損傷的裂縫。
他會在微茫的夜晚裡為你點一盞燈。
他會出現讓你原諒從前所有的刁難。
你要相信，你要等。

有一天時間會把你的「想念」變成僅僅是「想起」。
有一天時間會把你的「愛著」變成僅僅是「愛過」。

這一條路途那麼遙遠，荒原的路上，我們難免會丟失一些重要的東西，但是你要記得我們永遠不會失去愛人這個本能。
我想生命最珍貴的地方在這裡吧。

假若在這個暗啞蕭索的夜晚裡，你正在失去著誰，你可以抬頭看看邈遠的星空，然後期待著下一次的黎明，下一次的春天，下一次的花開。
願那時，你重新擁有一個所愛之人。

「有些人來到你的世界
是為了教會你痛楚和悲傷難過，
然而有些人來到你的世界
僅僅是為了告訴你，
你值得幸福也值得被愛。」

「有時候你要相信所有事情都有它的意義。」

時常問自己，為什麼要經歷排山倒海的悲傷？為什麼要感受撕心裂肺的失去？為什麼要遇到一些難以挽回的遺憾？為什麼要感受那些久落下的失望？經常在想，為什麼這些會存在於這個世上。

於是每一次錯過、每一次失去，我都在埋怨，埋怨這些事情的存在，埋怨上天，埋怨這個世界。

我曾經撕心裂肺地痛哭，哀悼著一段不復重生的愛情。我痛求著自己能回到過去，我甚至盼望著自己能永遠置身在回憶裡面，你說那是愛也好，是不甘也好，是執著也好，我只是不願把過去的愛和那個在愛裡燦爛著的自己一同埋葬封存在名為回憶的盒子裡面。

恨透了這些讓我破碎的東西。

可是你有沒有想過，如若不是曾經經歷過這些事情，你還會是現在這個你的模樣嗎？

慢慢地懂事，慢慢地成熟，慢慢地學會釋懷，慢慢地懂得割捨，慢慢地看開失去，慢慢地知道珍惜，慢慢地放開執念，慢慢地了解生命中的去和留。

如果當初你沒有經歷一些痛，你能夠懂得這些嗎？

就當作所有的相遇和錯過、擁有和失去都只是生命中並重的一個習題而已。

每一場相遇都是一個獨特的故事，向不同的人展開關於快樂的、幸福的、傷心的、難過的、糾纏的、疼痛的情節，彼此走了好長的一段路，有時候未必能走到好的結局，有時候沒有結局，有時候甚至還互相折磨至一段感情的最後，有時候無疾而終，我們都該懂得世界沒有絕對美好的故事，相遇也是如此，可能未必給你帶來幸福和快樂，甚至還在你生命的路程中留下了好多的傷痕，腐蝕你的心臟，磨滅你的信念，潰爛了你過去的某個部分，然而，即使是這樣，他們出現來到你的生命裡都有著意義，在無法逆回的時間裡，他們讓你長成現在的模樣，無論是完整還是破碎，他們都塑造了今天的你，讓你走了那麼遠的路，走到這一步。

那些錯過的路，只是為了讓我們遇到更美的風景。

原來我們從沒有走過什麼冤枉的路，也沒有白費過所有的心痛和失去，你以為浪費了好多時間尋尋覓覓的，其實不是奢侈浪費，而是在這些失去裡面意外地拾獲了那些你沒有想過會得到的東西。你以為失去就是失去，可是你不知道失去的另外一種叫法是尋獲，那個時候你雙手緊握的錯誤，讓你擁抱不了未來，後來你失去了海洋，卻拾獲了離岸。

於是在經歷了那麼多，行走過那麼長的一段路之後，慢慢覺得人生的過程就像是一程火車的時間，許多人相遇又離別。上車又下車，每一個人要去的地方都不一樣，我們總得和一些人告別，學會放開別人的手，也學會面對巨大又赤裸的孤獨，學會笑著和別人揮手即使萬般不捨，學會獨自走剩下的路，因為有的人到站，有的人換乘，有的人還沒到終點，只是無論如何，不捨還是心痛，都要心存感激，感謝在那些時間裡曾經陪伴自己同行的人，讓自己在浩渺的世界裡少孤獨一些，謝謝。

我終於可以滿懷感激地看待所有的相遇和失去。感謝以往的失去有了今日的相遇。我們都在時間和季節的更迭裡擁有好多相遇與錯過。我總是這樣相信著，那些唐突的遇見，其實早已在生命中劃下命運線。所有的失去和遺憾都只是通往幸福的過路。有時候我們只是不知道要走多久，但你總要相信一定能走得到。不如就這樣吧，把每一次銳疼的失去，想成一次婉轉的收穫。我們錯過了一些路，只為了遇上更好的風景，風景中的你。

「餘生那麼長，總有一天能把所有的遺憾都熬成遺忘。」

我沒有想過有一天會再一次聽到他的消息。從好朋友的朋友的朋友的口中聽到他分手的消息，而且還是隔了好幾個月之後，我沒有太大的反應，輕輕地點了頭。她說：「我記得以前妳每天都跟我講他的事情，無論是開心的傷心的快樂的難過的。那個時候我看著你們牽著手散步的背影，我曾經以為你們會一輩子在一起。我也還記得妳失去他的時候，眼淚一顆一顆掉下來，終於看著他完全地消失在自己的世界裡。」

我聽她訴說著陳年的舊事，卻像是在聽說書人講故事一樣，那些場景好像有一點熟悉又有一點陌生，我不太記得當中的細節了，就剩下一些殘殘破破的碎片穿插在記憶裡面，我才發現，原來好久好久我都沒有想起他了，有多久呢，久到想起他的時候，像是在舊倉庫裡面發現的老照片，甚至那些灰塵都已經久積成垢，不再能清楚地看見照片中的主角。

「那個時候妳真的很愛他。」她說。

「是嗎。」

我沒想過有一天我竟然會記不起來。原來我曾經如此深愛過一個人。所有的種種，都像是被風吹散的花瓣，四散在田裡，化成泥，化成土，它們像是沒有存在過一樣，像是在聽人說上一輩子的事情一樣，像是翻了好幾十頁的書翻到了結局一樣，它們一點一滴地被稀釋，一點一滴地被抖落，一點一滴地被暈開，在歲月裡面不再鮮明不再刺痛，它們慢慢地變得很柔和也很模糊，它們沒有叫囂也沒有肆虐。

日子這樣過下來，風在吹著，時間在流淌著，這條路上的我在走著，世界在一刻不停地流轉著，我終於走到了這條路的盡頭，終於走出了他的世界，於是不再會時常疼痛著，不再深陷在泥坑裡，也不再手緊握著那些遺憾，終於，終於不再想起。

你相不相信呢，那些曾經歷歷在目的過往，有一天居然想起來像是在說一個有趣的故事。你相不相信呢，曾經把自己困在一個錯錯綜綜的迷宮裡，每走一步路都需要用那麼多的力氣，撐著自己去走那麼長的一段路，現在居然走到最盡頭的時候，會感謝那些曾經讓自己槁木死灰的遺憾。你相不相信呢，終於有一天你會坦然地說出這些遺憾，它們不再占據你記憶的一部分，它們再也傷害不了你了。

原來到了最後，那些刻骨的，都不記得了。

還好我們餘生很長，還好我們還有時間，還好我們都還能等待歲月把所有的遺憾都磨成粉末，磨成灰塵，然後遺忘。

你要相信，你要等。

「還好我們還有很長的時光去努力、去遺忘所有的過失。」

還好我們仍正值青春年華，還好我們還有漫漫無邊的時間，還好我們還能努力，努力去原諒所有的事，努力去遺忘所有的過失。

曾經丟失了愛，也丟失了自己，但還好歲月溫柔，我們有無盡的時光重新累積愛，重新找回自己，別急，無論多少遺憾和過錯，都能重新來過。

「原來有你或是沒有你，我一直都是我自己的。」

我一直以為有了你，我才是一個完整的人，所以在四季流轉之間，我在你的世界裡，迷失了自己。直到你跌出了我的生命，我才發現一直陪著自己的人，原來是我。所以我會對自己負責。我會撿拾我自己的碎片。我會自己修補縫隙。我會擦乾眼淚。嘿，我要往前走了親愛的，因為過去太過可貴，因為回憶太美，因為從前再也回不去了，所以我得要抬頭挺胸地往前走了，無論未來的日子裡有沒有你的身影。你走後，我才慢慢地發現，我終於屬於我自己，原來有你或是沒有你，我一直都是我自己的。

「每段故事都是一場自定義的成長。」

1

每段故事都是一場自定義的成長。

可以隨手把天空捏成任何的形狀，它可以是你天馬行空的幻想，它可以是你躲避煩惱的樹洞，它可以是任何東西，只要你願意。

2

永遠無法被理解的一段時光。

以破釜沉舟或是螳臂擋車的勇氣來堅持著的一段混亂的、瘋狂的、自私的、不顧一切的歲月，甚至沒有任何關於後路的想法，就這樣帶著決絕粉碎的心情，享受著任世界摧殘的流浪。

就像是你看著刺青師傅把尖刻的針頭刺進你的皮膚，血從細微的裂縫崩裂滲出，那些痛得無法自拔的淚水灌滿你的人生，那是一種近乎自殘的快感。

甘願走進頹圮的自己。

3

「妳在哪？」電話裡面是一把柔軟的聲音，隔了差不多一個月沒有聽見來自媽媽的聲音。

也不能說是一場離家出走，只是撒了一個小小的謊而圓了我一次夢寐的旅程，最後我躺在床上懦懦地回答：「我在韓國。」

還記得那是我大一下學期的時候，正在快要期末考時自己踏上的一段荒謬的旅程。

然後得到的回應當時是盛怒的罵聲，所有的不安、憤然、擔心、埋怨都混合在一塊傳進我的耳朵裡。我還記得那天是我的生日，接電話時我正在發燒，渾身滾燙得如火苗一般，於是我哭了，和媽媽說了聲「對不起」就掛了電話，埋在那廉價的青年旅館逼仄的房間裡，哭了好久。

這樣好像只是一場充滿勇氣的出走，但如果所有的原因前面加上「追星」兩個字就會變成虛妄荒誕的一次任性的離家出走。當中的分別，太過明顯，一個近於失重的天秤兩端。

那好像變成了一個巨大的陰影，像是汙水滴進水杯裡，毀了一整段時光似的。

不只是那一次。

後來還有一次是二月的時候，那時候韓國大概是零下幾度的樣子，我搬著七、八斤的應援物坐上通宵的轉機飛機，十幾個小時才去到了韓國，在演唱會裡被保安抓包，被恐嚇沒收單眼相機，然後那天凌晨我一個人睡在機場，窩在角落處甚至口袋裡的錢還不夠我買一個早餐。

潦倒到如此，甚至連我自己後來回想起來，也大概可以理解別人對於自己那些難聽的標籤，如此地瘋狂而自私。

那時的我不需要別人理解，也不稀罕任何一個人來理解自己瘋狂的行徑。

我只要自己懂得我所做的一切就好，哪怕與世界背道而馳。

總有一天，所有的種子會安然開花。

4

這樣的日子堅持了好幾年，於是為了這件事我開始很努力地打工，除了上課的日子就是打工，每天工作，甚至連午餐時間也如是。

然後我開始很用心地學習各種技能，學會說韓語，學會Photoshop，學會自己去很遙遠的地方，學會和各種不同的人相處，學會所有的事情都不需要別人的理解。那時候韓國的後援會會長也認識我，那時候很多的粉絲會都會等待著我發出的高清圖，那個時候那個明星也認得我會和我打招呼，那個時候我還會幫你們現在所看的韓國綜藝做翻譯，那個時候我默默地做著我很喜歡的事。

即便，那個時候我父母討厭我，連那些我原本以為會理解我的好友也在電話裡問我「妳是不是瘋了」。

——妳是不是瘋了？

——妳瘋了嗎？

——妳知不知道妳在幹嘛？

——妳怎麼會變成這個樣子？

對，那是一段無法被理解的時光。

5

沒有人會疑惑後來一個這樣瘋狂的人會變成怎麼樣。所能想像到的結局是——墮落，如同被蹂躪後的頹墟般，萬劫不復。那可能會是一次可怕洶湧的潮崩，會徹底地溺水，再沉浸在那湧雜的水潮裡不再呼吸，會甘願墮落。

因為人們定義一件事情和一個人的標準淺而易見，以最簡單而直接的方式，以貌取人。

沒有人會見到那些埋在泥土裡的根莖，也沒有人會去注意那發芽在沼澤裡的花苗，直到後來某一天，開出盛大而鮮豔的花朵來。

直到那個時候，那些人也只有看到那美麗的花朵，而忘了這是曾經有人深陷在沼澤裡與世界背道而馳才能散播出的種子。

「總有一天，所有的種子必定安然開出花來。」

6

後來我沒再那樣做了。

並非因為來自人們的怪責和排斥，而是慢慢地從中度過了一個階段，像是一次歷險裡一個危險的過程，而自己明瞭，若非這一個程序，自己並不能抵達更遠、更高的位置，成就今天的自己。

舊時的經歷說起來就像是故事裡的一本書，而那個章節結束在我所有的收穫裡。後來我去交換了，後來我韓語流利得像當地人一樣，後來我因為韓語拿到了獎學金，後來我所有的痛苦都變成了禮物，那是泰戈爾說過的一句話。

你看——

直到有一天，所有的種子已安然開出花來。

7

歲月輾過的痕跡仍然嶄新。

幾年過去了，我不再喜歡我的偶像，不再因為他們奔波，不再會為了他們憔悴難過，不再因他們而瘋狂，但是我永遠不會忘記有那麼一段時光，我喜歡他們，像是飛鳥愛上大地，那樣遙不可及，也像是蒲公英墮地那樣不問原因。

後來偶爾聽見他的名字還是笑著和別人說，我曾經也喜歡過他。

我還是會不斷地想起，自己曾經瘋狂的樣子，無數次因他們而起的狂妄，而後來有了現在的我。

於是我想，我們每個人都有屬於自己成長的方式。

跟任何人都沒有關係，那只屬於你自己，一個只有你自己可以去定義的旅行。

8

你要知道，世界不一定是對的，那只是一大部分的人的意見，並不會變成正確的標示。不一定要以世界的標準來斷定著什麼才是真正的成長。

成長是一個動詞，不褒不貶，你不一定要像所有的好孩子般成長才叫做成長，你可以用任何一種方式成長。

你可以焚燒自己只要你願意，你可以做任何事情只要你不後悔，你可以享受著屬於自己的成長和經歷。

你要相信，總有一天，所有的種子會安然開花。

「原來，我們一直都在和自己相遇的路上。」

1

人們總是說：「不要回頭看。」然而有時候，我們需要回頭看看自己走了多遠的路。

2

你還在那裡嗎？驕陽似火的五月，潔白的校服像被鎂光燈照著一樣，在午後的流火裡閃閃發光，那是我們最煞亮的青春，每一個人有著偉大而夢幻的夢想，想著未來有一天要到遙遠的遠方去。你應該是坐在樹下那個提起書本閱讀的少女吧，操場偶爾有人結伴走過，學校的兩邊種滿了綠油油的樟樹，遮去了一部分最刺目的陽光，你應該還在那裡吧，靜靜地看著遠方打籃球的男孩們，你曾經說過那邊有你喜歡的人。那時候白雲總是壓得很低很低，彷彿伸手就可以抓住那雪白透明的繭。

你還在那裡嗎？帶著天真爛漫的笑容走進那些人群裡面，在如此廣闊的天空下朝著自己的方向前進，還是會在夜晚睡不著的時候歇斯底里，強求著要做一個很長很長的夢呢？

當時的你還在那裡嗎？受了傷就忍不住放聲哭泣，直到棉被在下大雨的夜晚裡慢慢潮溼，直到你在這樣逼仄的黑暗裡沉沉睡去，又被無可制止的陽光在歲月中緩緩曬乾了淚痕。

你在嗎？仍然還在那裡嗎？

3

時光像極了一個巨大而沉隱的湖泊，它不會掀起洶湧的大浪，不會滔滔不絕讓你不復重生，不會像海一樣神秘未知，不會浩大深邃到讓你擱淺，不會浮躁地暴動起舞，它通常都是平靜的、安穩的，就算世界再怎麼風吹草動，它也只會稍稍牽起一波一波的漣漪，在此之外，它都只會那樣安之若素地在那裡，無從朝花，不待夕拾。

我想我們就是在這樣靜謐的時光裡慢慢地成長。

該怎麼去形容那時的自己呢？

讀書成績平平，算是中上，但卻永遠拿不到那最耀眼的第一名，也沒差到做最獨特的最後一名，在老師眼中算是乖巧，卻也不算是特別乖巧，因為還有一些人更會討好老師，永遠做不了最受人注目的一個，長得也不差，反面地來說長得也不算好，就是普普通通，無所附麗的平凡。

把所有美好的詞彙用上了，也只不過是單純、天真、愛笑、樂觀，都掩蓋不了一個突兀的詞——平凡，太過於平凡，平凡得在任何一個人的青春裡都一定出現過那樣的一個人物，甚至還有時候不會察覺自己的故事裡出現過這樣的人物，就是這麼平淡，無奇。

有時候會敏感，只是因為一丁點大的事情就覺得開心或是難過。

受不了那些不公義的事情，卻也因為膽小而從未為它們發聲一次。

非常討厭落單的感受，討厭自己不合群而用盡全力為難自己去擠進一個熱鬧的群體裡面。

從不是什麼美好的人，甚至心底偶爾還是會出現一些黑暗負面的想法。

這就是我，學生時期的我。

太過於寒磣，以至於到後來的日子裡我都不忍回想起那時候那個如此簡樸到無味的自己。

總是想盡辦法想要成為最閃亮的人。

上了大學之後，完完全全地離開所有曾經深知我的人，於是才能夠把過去完好無缺地封存起來，把它用力擠壓然後塞進一個密封的盒子裡，把它藏進心裡最隱沒的角落裡，從此不想要再去觸碰它，把所有的過往、所有的軟弱和難過、所有的自卑和厭惡、所有的負面和悲傷、所有的疼痛和傷口，通通都這樣子打包起來，丟在心裡一個殘破的角落裡頭，殘破得連自己都不屑一顧，不忍翻開來看，也許這樣也很好，至少自己可以假裝忘掉一些事情吧，我總是這麼想。

於是在看到了更大、更寬廣的世界之後，我塑造了自己想要的模樣，我想成為一個快樂又溫暖的人，想要變得優秀、變得受歡迎，想要做最特別的一個，得到全世界的關注。為了成為一個這樣的人，在大學裡頭的確花了很多的心血，拚了命地交了很多的朋友，用盡全力去念書，只為了得到那些分數帶給人類的愉悅，想要變得漂亮，變得美好，想要成為所有人心目中美好的模樣。

後來我的確成功了，成為所有人羨慕的對象，剛開始我很快樂，可是後來我漸漸地分不清楚，是因為我成為了這樣的人而感到快樂，還是因為別人認為我成為了這樣的人而感到快樂。

兩者有甚大的差別。

簡單來說，我是為了自己快樂，還是為了別人的認知而快樂？

我開始分裂起來了。

甚至還能聽到那些裂縫在崩裂的時候那清脆而響亮的聲音。

我終於被自己分裂開來。

一邊是美好得虛偽的自己，一邊是不堪得真實的自己，我開始分不清楚，到底哪一個是真的而哪一個是假的，哪一個才是真正的我，哪一個值得被我容許繼續活下去，我說不清楚答案，兩者都那麼讓人難以割捨。

4

於是總是不由自主地想起每一個階段的我。

平凡普通的時期，最喜歡笑的我，可以為了只是看見喜歡的人一眼就快樂一整天的我，那時的世界很小，雲朵很低，夢想很大，我想著我要到遙遙無境的地方去流浪，想著要牽起愛人的手在海邊漫步一整個下午，我在那時與最單純和天真的自己相遇了。

在很愛一個人的時候，把他當成了我的全世界，擁有得不多卻願意為了見到那人的笑而給予自己的全部，那時的世界是他，他是我的全世界，而我和他卻在人潮擁擠的世界裡走失了，他猝不及防地離我而去，我失去了視之如命的他，因為相信所以從未留有任何餘地給自己，於是這樣赤裸地被他打破，在那時我與最破碎的自己相遇了。

曾經非常努力想要成為一個特別的人，一個在所有人眼中都足夠好的人，故此拚了命地工作和讀書，用盡辦法變得優秀，得到別人的稱讚，成為閃亮的自己，後來遇見了好多生命的過客，他們讚頌著我的美好，讓我知道原來我也可以成為一個美好的人，那時我與最意氣風發的自己相遇了。

在無數個夜晚裡，雨水泛濫成沙河，世界被大霧籠罩成一個渾濁的繭，我在發黑的冥暗中不斷地輾轉反側，不斷地反覆交纏，不斷地思索著人生的意義，所有生命的意識都沉到了海底，只剩下在被窩裡微弱的呼吸，無法沉入睡眠，無法掉落夢鄉，在最最絕望的時刻裡，我和最悲傷的自己相遇了。

在海水退潮之時，滿地狼藉，是那些過去的碎片，它們坦蕩如砥卻仍然能夠傷害到我，但我想已經無所謂了，我慢慢地變得堅強，慢慢地強大起來，慢慢地拾獲一些從前的時光，終於可以好好地去正視著它們的存在，我想我正在和溫柔的自己相遇著。

還有很多個片刻的自己，你在哪裡？我已經準備好要與你們相遇了。

5

你知道嗎？我不打算要復原了。

從前我一直在想，我一定要好起來，一定要像以前那樣意氣風發，一定要修補好所有的裂縫，我一定要像以前一樣重新當一個完整的人，我不想要再如此支離破碎。

可是後來我發現，原來那些東西都再也無法填滿了，所有遺落在時光裡面的東西，我們只有慢慢地去接受它們，接受失去、接受遺憾、接受錯過和曾犯下的過錯，接受那些錯誤深刻地烙印在我們的生命裡面。

原來到頭來其實也不需要好起來了。

也許正正是因為有了這些裂縫，因為曾經被打破成碎片，我才明白了好多的事情，也終於可以成長成現在這個模樣，而原來真正愛自己的人是不會在意自己是不是真的好得起來。

所以，親愛的，我不打算強迫自己好起來了，我始終相信時光會予以我們溫柔，會風乾那些傷痕，無論自己喜不喜歡現在的自己，無論你到最後能不能好起來，原來都是我啊。

都是最真切的我啊。

6

心裡某塊被標示「危險區域」的那塊土地忽然有了入侵者，在裡面大肆叫囂著、肆虐著、翻騰著，隨即掀起一層厚冗的塵埃，一直一直四處飄零起濃濃大霧。

不想提及、不想觸碰、不想回望、不想踏進、不想撫摸、不想正視，那在心的禁區裡封存了好久的盒子。那裡太痛了，只要稍微走進就深深地刺痛自己的神經，從記憶末梢不斷迸發出來的疼痛。那就讓它在那裡吧。儘管放棄會痊癒的機會也不想要再觸及那些痛楚，你甚至不用偶爾去擦拭盒子上的千縷灰塵，你就放任那些傷痛安之若素地與你共存。不用強迫自己好起來了，不用強制自己接受那些悲傷，也不用像他們所說的相信一切都會好的，反正很多時候只有自己知道其實是不會變好的。有些傷有些痛有些失去儘管提及多少次都還是會痛不可抑，這就是我們脆弱的地方。所以，沒關係啊，真的沒關係，好不起來也沒關係，我們每個人不都帶著傷痕累累的軀殼生活嗎，即使千瘡百孔還那麼努力地存在著。如若還不想觸碰傷口那就封存它們，總有一天禁區會滿布塵埃，也總有一天不再釋放些疼痛的負能量，到時候再去拾獲那些心的碎片，到時候再去撿拾弄丟了的自己。真的不急，我們慢慢地，慢慢地前行，走著屬於自己的步伐，踽踽而行。

你只是需要一點時間與自己和好如初。

7

也許生命的本質就在於經歷。

在這條迂迴的路程裡面，原來我們一直都在和自己相遇的路上。

Fine Me

下一頁開始為〈灰色的自己〉，

建議接續〈白色的自己〉及〈黑色的自己〉之後閱讀。

此章為書口未裁的毛邊本設計，閱讀時請自行裁開，

裁開如有破損為正常現象。

灰色的自己

G R A Y

CONTENTS●

「致不夠明亮的自己——」

●

「我和世界隔了一個自己。」
如果我想要找到世界，我需要穿越自己。
如果我想要找到自己，我需要穿越世界。

「不要忘記從前，哪怕世事變遷。」

●

人是矛盾的。

想要不變，就不能走遠。

追逐明天，就不能不變。

我們喜新厭舊，卻又害怕出走。

我們討厭習慣，卻又害怕歸還。

我們討厭轉變，但如果一切都一成不變，我們又會討厭習慣和平淡。

我們渴望自由，但又害怕迷茫。

我們想要被愛，卻又不願去愛。

人真的很矛盾對吧。所以我們，才總是在變，不是嗎。

和朋友分享自己的轉變。

我笑著說以前自己是個很外向也很開朗的人。她說真的看不出來，很難想像妳以前是什麼樣子。我說，是啊，我變了很多，有時候我也會懷念從前的自己。

隨著離開一個又一個自己曾經熟悉的地方，就會發現留下來的人越來越少了，事實上我也知道誰沒有留下來，沒有留下來的是我，離開的人其實是我。

再也不會有人知道我全部的樣子，以前熟悉的人，後來再也沒有出現在我的生活裡，他們不知道我現在的模樣，後來的所有相遇也都觸及不了我從前的樣子，於是我在想，有誰會記得住我全部的故事，所有人都只能瞥見我的冰山一角。我們這一生太漫長，能夠與誰並肩的日子卻太短暫。

人是會變的。

我一直都知道這件事，也許是看過太多滄海桑田，所以總是默認改變就等於負面，畢竟時間是不可逆的絕對的存在。

我已經不會再一動不動就哭鼻子，我開始學會堅忍。有些話永遠都說不出口，就像有些悲傷早已內化成生命的一部分，無論你如何用力都割捨不出來，因為我們人啊是沒辦法只丟棄生命的一部分的。

於是她愣在那裡。

想說的話其實早已經在腦海裡連貫成形，可是一切就像魚刺那樣鮮明地擱在喉嚨那裡，那些尖銳的話、那些帶刺的話，漸漸地被她用自己的身體擋住。少女終究還是學會了沉默，別人以為那是溫柔，事實上只是放棄了求救。

我也不再像是從前那樣善良。當我投以世界純粹的善意，返潮回來的竟是吞噬我的海獸。我從來沒有想像過，自己的善良會以一種極其殘忍的方式回歸到自己的生命裡，我竟需要為這些不屬於我的惡負責任，周旋在浪口無法動彈。我也從來沒有想過，我竟是要張牙舞爪才能保護自己的生活，抵抗來自世界或他人的惡意。其實來自誰的並不重要，重要的是我受傷了。

當你不得不帶著一身刺去處理問題的時候，就會有人說你，就會有人希望你再善良一些，畢竟別人的善良是不用成本的。而真正的事實是，這些人根本不在乎你的所失和委屈，沒有人在乎你經歷了什麼，沒有人在意你在淌血。熱鬧只是三天兩頭的，只有受傷的人久久不能釋懷。我開始意識到善意不總是帶來好的結果，或許有時更會成為路上硌腳的沙石，讓自己的每一步都走得好吃力。善良是好的，但你知道的，人不總是好的。

要再說一個轉變的話，那就是我已經不再對誰都滿懷期待。我說過了太多的再見，看過太多次光的熄滅，我知道失望的苦澀，知道淚流滿面的疼痛，知道所有美好的光景都會伴隨著星辰殞落。有些人就是生命的陣風，透過相遇來感受彼此的溫度，但風終究只是吹拂而過，存留一瞬，你我擦身而過，山南山北再無重逢。為了不再失去些什麼，你終於不再伸手擁抱什麼。

人是會變的。

我意識到這一點的時候，我已經和從前的我完全不一樣了，現在再也沒有人能夠記得我從前是什麼樣子。

我記得自己以前跟表妹說過這樣一句話，我不是平白無故地變成現在這個樣子，你一定要知道，我也曾經如此熱烈地愛過這個世界。

是的，這個世界真的很殘酷。

時間和死亡會消滅一切，善意和真心會被傷害，愛會消失，人可以無情又健忘，什麼事情有朝一日都會變質，熱愛會倦怠，夢想被掩埋，連星星也會黯淡，世界根本不可能靜止。

世事總是在變遷，我願意去相信那是好的轉變。

我不會再希望自己不會改變，也不會希望自己總是最初的模樣，從前的自己很純粹也很軟弱，還不夠堅強、不夠堅毅去守護我覺得重要的東西。於是我只能一次又一次看著自己痛苦，丟失屬於自己獨一無二的珍貴。

現在我要強大起來，我已經轉變，已經足夠強大可以再去愛一次或者很多次，強大到念念不忘，強大到守護自己的宇宙和海，強大到讓所有從前和失去都值得。

去記住，深深地記住，每件事的最初。
你知道嗎，這就是我能想到，去抵抗殘酷世界的唯一方法。

「敏感是一扇窗，是我最寬廣的地方。」

● 有時候我們不懂得珍惜，是因為我們並不知道自己擁有著。

日出時，如果是陰天，很容易就會錯過太陽出來的時刻；就像是人，在傷心的時候很容易錯過日常的美好，以及它們所留下的東西。每一種的情緒都是如此不同。眼前有太亮的事物就會忽視其他微光，我們時常只看見快樂，看不見悲傷；看見陽光照射在海面上所反映出來的亮光，看不見潮水的背後有波浪在洶湧推進；看得見自己不斷地向上生長，看不見在泥土中的根如何用力地抓住土地。可是那些我們肉眼看不見的岩層，才是支撐著我們生長最重要的地方，有人覺得是夢想、熱愛，但我覺得不是，那些的確是我們向陽而生的理由，但不是我們的養分。我認為真正生長的根，是我們的感受、我們的情緒。於是，敏感成為了我的寬廣。

越想得多的人就會越大機率感受到更大的痛苦，所以大家總是勸別人說：「不要想那麼多了！」彷彿這是一個缺點，是人們避諱的事情，你會煩惱就是因為你想得多。

喜歡思考、想很多、敏感，這些從來都不是缺點，我的人生從來都不會因為想得多而變糟，它會變糟是因為你本身就認定它是件糟糕的事。

我發現許多我們認為優秀美好的人，都是想得很多的人，無論是工作上還是日常生活裡，這些人往往有更多的共感和靈感，他們有一雙發現美好和悲傷的眼睛，他們看得到生活的細紋，他們多愁善感且情感豐富，凝視世界的目光與他人不一樣，他們看得更細也更遠，他們強大，有一顆溫柔和溫暖的心臟，因為想得多也意味著多了機會感受更多不一樣的情緒，他們的心會更柔軟，他們極具創造力，使這個世界多了很多不可言喻的美好事物。

就像是你擁有了更多連結世界的窗口，你能看見的風景和收進眼裡的細節更豐盛。

每扇窗都帶我去更遠的地方，走更遠的路。

當然照進來的不總是陽光，有時候也會有暴雨濺入，讓我們的心受潮，窗前一片黯淡，雨水打溼雙眼，有眼淚潸然落下，有雪輕淌心頭。

如同海。所有的感受都是浪，它們波動著，隨著浪潮一下又一下推你出去，又把你拉回來，有時我們在其中遇溺，有時卻清醒得像是岸邊看海的人，我們深陷在其中，既是矛盾的，也是豐饒的；既起也退；既生且死。

我很喜歡赫塔．米勒在《呼吸鞦韆》裡寫到一句話：「我幾乎不哭，比起那些淚水漣漣的人，我不是更堅強而是更軟弱。」我想到了我全部的悲傷，想到了自己曾經拒絕它們的存在，我就覺得對不起自己。我不希望我丟失我的悲傷，正如我不希望我丟失我的快樂。它們都是我的，沒有人可以奪走它們，包含我自己。

「我們只是彼此的一抹光景。」

●

這條路是如此的漫長，
我們修修補補，縫縫貼貼，
然後再假裝完整地與人相遇。

不斷地坍塌、重塑和生長。
當我和你的軌跡不再重疊的時候，
我也只成為你的一段記憶罷了。

「我以為那是成長，後來才知道，
不再聲張的悲傷，叫做荒涼。」

●

我已經很長一段時間，沒有撕心裂肺地傷心過。

從前一切的疼痛都擲地有聲，如同野火賁張，一束禾稻燃起的星星之火，迅速地延燒至整個山頭，一夜之間，摧城掠地但也酣暢淋漓，大張旗鼓的痛苦嘈嘈切切地湧去，白日西落，那之後的光景，一望無際，漚浮泡影。

現在我的心，像一條深不見底的路，隨手扔進去一顆石子，再也聽不到回聲。

靈魂是一個巨大的迷宮，你找不到他的破口。

於是，你被自己困住。

做個有痛感的人，你說。

真的是一句特別有意思的話。我覺得人類是世上最矛盾的存在，這讓我想起一件小時候常發生的事情，那時很喜歡跟同學們玩鬼抓人的遊戲，我總是仗著自己跑得快，常常不管三七二十一就使勁地跑，所以常常會摔跤受傷，回家後爸爸就會訓我：「要小心，不要跑得太快，不要受傷！」

我很是不開心，就反駁他：「你不要管我那麼多！」

接著我問他：「如果我不跑快點，我怎麼知道自己能跑得有多快？」他還沒有來得及回答，我又再問他：「如果我沒有跌倒過，我怎麼知道什麼是痛、有多痛？」

父親也有點不快，他說：「大人是根據經驗教妳，好過妳自己痛過才學會道理。」

我想都沒想就回答說：「痛也要我自己去痛，學也要我自己去學。」

小時候的我哪懂得那麼多，我只是覺得大人們口中的經驗真奇怪，我又沒經歷過，我怎麼懂呢。你告訴我你懂的東西，那是你的懂得，不是我的懂得。你告訴我你覺得會痛，那是你覺得的痛，不是我覺得的痛。我討厭他總是把他認為的東西強加在我的身上。

我想要去痛，我想擁有自己的痛。

規避痛苦，大人們常常是這樣教導我們的。

事實上，這也是我們在長大的過程一直試圖去尋找的方法。於是我們去愛、去跌宕、去流浪，遇見好的人或不好的人，碰上一些悲劇的發生，錯過了一些承諾和緊握，犯一些無法挽回的錯誤，狠狠墜落、默默破碎，摔個頭破血流，感受痛苦在我們身上撕裂和發酵，腐蝕靈魂的碎片，經歷迸濺的浪花，一波一波泛著細長的褶皺。然後試圖去尋找治癒的方法。想好起來啊，想忘記痛楚啊，告訴我怎麼辦，告訴我如何不悲傷。這些都是二十出頭時常常去思考的問題，當然，這些問題都沒有答案，又或許是說，等到我找到答案時，答案對我來說已經沒有用了。

當我們開始學習痛，我們就會開始習慣痛，當我們習慣痛，我們就會忽略痛，因為學習的本質是「複習」，透過一次一次地深陷來反覆練習失望、失去、失誤、失敗，學會了就等於失去重新感受它的機會，就像是我們很早就學會一加一等於二，所以我們不會反覆去思考這些淺顯易見的計算題，太簡單了，不值得我們停下一顧。

很悲傷的一件事，人們什麼都會習慣，哪怕是痛苦。

我們的心終於變成了一座冰山。
所有的情緒都凝結成塊，暗堵在身體裡的每個角落，它們沌重地封住所有情緒的出口，直到冰巖與自己交融，花多少力氣也無法搬動這座巍峨不動的冰山。

痛苦也是這樣，當我們完全駕馭它，我們就對它失去興趣了。
吃抗鬱的藥將近十年，我終於變成一個麻木的人。我不再哭泣，不再擁有任何衝動和欲望，不再跌宕起伏，不再奮力去掙扎，甚少感受到情緒在我身上的脈絡，對於許多的事情我都太無所謂了，反正只要我明白我什麼都帶不走，一切都不再重要。
人們稱這樣為情緒穩定。很奇怪，我有時候很想問，失去痛感的我，真的好了嗎。曾經我是多麼渴望可以逃離排山倒海的悲傷，最終我終於不再置身在那個廢墟裡了，我卻尋山遍野想要找到回去的辦法。人真的真的很矛盾吧。
我痊癒了嗎。

我不敢回答。如果是，為什麼我仍然無法挪動我身體裡的冰山。

於是我研究所時拍了一部短片作業，名為《鯨落》，講的是一個患有憂鬱症的女孩日常生活中的片段，我想告訴別人，和你們的想像中不同，真正的憂鬱症是什麼都感受不到的，他失去了生命的活力，他很少哭泣，他既感受不到生的意義，也感受不到死的可怕，他只是一個空蕩蕩的人，萬物可以穿透而過，而他即將斷線墜落。大概是這樣的故事。做個有痛感的人，是一件多麼美好的事情。只有能夠感受痛苦的人，才能夠感受生的意義。

鯨落的意思是，當龐大的鯨魚死去，牠的屍體沉入海床，數千萬種海洋生物會仰賴此為生，鯨魚的掉落豢養著萬物。雖然很悲傷，但有一句很美的話叫做，一鯨落，萬物生。

之前我寫過鯨落的意思，兩年後我又再次賦予它新的意義。我想終究，我們都是被痛苦豢養的人。

那些痛苦沉落的遺骸，給予我們生命的起伏，我只管按圖索驥，伸手抓住那些痛感的軌跡，用它們來找尋生的出口，靈魂的破口。

我知道那裡不再只有荒涼，而是迢迢寬廣。

「不安總是無處不在，如同塵埃。」

●

四月過得不太好，五月去了一趟遠方旅行，但奔赴並不會帶走不安，我仍要帶著生活的重擔，重新起程。六月上旬，我又回到了自己的低谷裡，消耗著僅有無幾的生命力，喘喘一息，企圖留住一些稍縱即逝的感受。我不喜歡六月，不確定是不是因為五月太美好，某些事情就是這樣，一旦有了美好的景色之後，一切都顯得無可比擬。我總是這樣，懸著一顆顫動的心，久久不能安放。

悲傷的疑心病。

出門的時候總是不習慣帶雨傘，無論淋過多少雨也都還是一樣，學不會為自己撐一把傘。漫長的雨季只會讓這些錯誤反覆，潮溼的仍然潮溼，天快要下雨的時候，黑雲就會盤踞整片天空，不讓太陽有一絲滲透的機會。在那片黑雲背後，似乎有什麼在躁動著，有輕雷在低吼，整個宇宙聯合起來密謀一場脫韁的狂風暴雨。

總是會想著什麼時候會下，下一分鐘就下嗎，下多久，下多大呢，我還沒走到有屋簷的地方，我會淋雨嗎，淋多久，會生病嗎⋯⋯一直為一些仍未到來的想像而不安，走的每一步都顫著，一點都不踏實。

直到天真的下起了大雨。

這時我第一個反應並不是傷心，而是那顆高懸的心終於踏實。

啊，終於還是下雨了啊。看吧，我就說一定會下一場狠狠的雨。

悲傷的時候也是這樣。

快樂時總是感覺很快殆盡，接踵而至的是疑心著、不安著、自己什麼時候又會再次陷入悲傷之中，這支快樂的火柴可以點燃到什麼時候，這點光夠我走完這一段路嗎，靠著這點快樂我真的可以繼續撐下去嗎，我又會回到那個漆黑的夜晚對不對，我又要經歷失去了對嗎，我又要⋯⋯然後等到悲傷真正來臨的時候，才終於放心。

這麼說來，我對我的快樂真的很不公平。

快樂的時候總想著悲傷，悲傷的時候卻想不起快樂。

連快樂都帶著偏頗。

懸著一顆不安的心，所以你才總是步步為營。

「不安於世，不甘於此。」

● 你的心總是動盪。愛也不安，不愛也不安。

我想沒有任何人能夠面對一段關係而絲毫不感覺到不安。在人與人的相交會合，就像是許多個平行時空有了交集那樣，我們相處之前每個人對這個世界的認知和感覺都不甚相同，所見過的風景和日落都不一樣，有時候必須要接受，不是每一顆心都在同一個頻率上。

以前我常常會為了真心沒有得到善待而感到難過，但是現在就會想到，也許不是對方沒有對我真心，而是我們彼此之間付出真心的方式不一樣，有時候一個人的真心可能是盡快地回覆，有時候一個人的真心是認真謹慎地回應，也許有的人的真心是拯救他人，也許有的人的真心是願意被他人拯救。現在我會開始理解到，每個人都如此獨一無二，所以相遇才是一件有魅力的事情不是嗎，如果我們都相同，那互相取暖就沒有任何意義了。

忽然想起和他正式分離前的那幾個月。我們斷斷續續地分手了很多次，從一開始我們爭吵、彼此埋怨，我總是會寫長長的信給他，告訴他我的不安和不甘，告訴他我的難過和失落，兩顆並不同軌的心，需要很用心的牽繫才可以連結在一起。不是所有人都能讀懂不安的生動，我們通常只會覺得不安的疼痛和沉重，以為是不安將彼此扯得更遠。直到終於我也疲於不安，他也疲於承受不安，我們終於將繩索切斷。

如果人與人之間的相處再也不存在不安，那麼就只剩下理所當然。我們會覺得付出是理所當然，被愛也是理所當然，這樣理所當然的關係很悲傷，彼此消耗的情感會被「理所當然」所反噬，最後只剩下平靜的我們在拉扯，不再有彈性也不再有活力。

動盪的心是生活的起伏。

生活中的不安確實無處不在。愛人的時候會不安，不愛人的時候也會不安；出走的時候會不安，迷路的時候會不安，留在原地也會不安；被束縛的時候會不安，自由自在的時候也同樣會不安，結果不安一直都在，鋪滿我們的每時每刻，無論怎麼選擇，都會有那個選擇應該要承擔的不安和焦慮，沒有例外，會不會這就是每個抉擇都需要承受的代價呢？

這麼去想，有時候我覺得這樣的不安真好，讓我能夠持續去思考、去努力，對夢想的不安也是，對自己的不安也是，因為和理想有出入，因為有期望和失望，所以才會產生一層層的不安，我會不安，是因為我仍有幻想。

沒有幻想的人，根本不會不安，他們只會心安理得，失去聲響。如果我心裡的湖不再動盪泛起漣漪，那它跟死湖又何區別呢。

或許不安才是我生活的方式。

我願意一直這樣不安於世下去。

「可以荒頹，也可以後退。」

●

前進不是唯一的答案，一如生命不止有快樂才會閃閃發亮。

「迅速的事物都不夠深刻。」

●

從什麼時候開始，這個世界好像開啟了二倍速的按鈕似的。整個世界用一種無法回溯的形式，被拋向了更快的軌道，我們被人潮不斷地後擁前推，我們甚至沒有隨波逐流的空隙，一切只是推搡著，跟隨著輸送帶的速度，掉入世界的模版之中。

某些時刻，我感覺自己只是店裡最不起眼又被人遺忘的一張明信片。

這幾年興起的網路觀影平臺，我記得幾年前並沒有倍速設定，不知道是大量的年月沖刷了的腦袋，使記憶力發生了偏差，還是只是我單純地經歷歸還給生活，我居然有時會想，那樣緩慢的世界真的存在過嗎？從前人們的生活，從前人們的愛，依舊存在嗎？他們去了哪裡，被什麼取代了？還是只是藏起來，不願被任何人發現呢？

以前的世界是沒有倍速設定的，也許是當時的生活並沒有那麼碎片化，就像是我小時候坐在電視機前看劇，你不可以快轉或者倍速，你看劇就是要坐下來理所當然地用原速看完，忍受漫長的廣告，只為了看一部你心愛的電視劇。等待和期待成為了每天生活的燃料，讓我無趣的日常有了細碎的火花。

這個世代好快。
有時候我覺得自己只是輪子壞掉的機器，用瘸腳的身軀試著在飛快跑道上與別人競跑，等待著時間將自己淘汰廢棄。
好貼心的世界。
這個世界永遠就是那麼貼心，幫你計算和安排好生活的節奏，替你記得你忘記的事，幫你清理那些過期的垃圾，演算法甚至幫你決定好你喜歡的東西。我開始在想，現在的我們還願意為些什麼花時間？我們還願意為誰停留？當所有時間和事情都「二倍速」了，我們如此迫不及待地走得更快、更遠，然後徹底地離開了。直到有一天我們再也找不到回去的路。
我們終於永遠地離開了過去，
我們終於將整個生命都交給世界。
真心終於變得不合時宜。

記得幾年前，我在考研的時候，有一科必考的科目，需要考到電影史，但是我大學並不是就讀影視相關的科系，小時候也很少看經典電影，去考電影學院只是憑著自己的熱愛（考的是電視劇劇作）。為了補足自己歲月裡的昏庸，考研期間我規定自己每天都要看一部電影，電影長則三小時，短的電影也至少兩小時，除了看電影，我還要看與考試相關的劇，還有其他必考科目，當時也撞巧正在寫書，於是為了效率和節省時間，那陣子看的電影基本上都是以二倍速來觀看的，一是我對於經典電影並不是那麼有興趣，二是現在的社會對於學習，大家都默認，學習就是要「快而多」。

於是三個月內看了一百部電影，遠遠超出我過去十年所累積的總量，我感覺自己的人生無比豐盛，一幀幀具體的畫面掠過我，一個個虛構的世界經過我，像是七彩的霓虹燈迅速地從我的眼前飛馳過去。

後來我順利地考進了電影學院，我已經忘記了當初考的題目，有多少真的有考到那一百部的經典電影，甚至可能一題都沒有考到，也許我並不在乎，我只是想用努力來填滿那段時光，並不是很在意那些努力到底會不會留下來。也許事實上我根本不在乎自己是否努力，因為那時我眼中在乎的事情只有一件，那就是考試。

太重要的目標往往是霸道的，它會讓我忽視生活的一切，讓其他事情毫無重量。

其實我壓根快要想不起這件事了。直到考研的時候，我們有門必修是電影史，上課時播放到許多經典電影，在那個當下我才想起來，我看過這些片。然而到我真正需要跟同學討論到電影的內容時，我發現我明明知道自己看過的，卻講不到任何的意見和感想，我沒有感想，二倍速的事情怎麼可能產生什麼感想，我說不出細節，說不出感受，說不出喜歡還是討厭，偶爾某些虛構的情節會自己脫軌，並沒有連結在一塊，這些故事都不完整，變成了碎得我已經無法辨認出痕跡的碎片。

我開始在想，我那三個月的時間在做什麼。為什麼看得越多卻感覺自己看得越少。我真的擁有更多了嗎？我真的看見更大的世界了嗎？我輸入的東西真的有進入我的內心嗎？還是它們只是擦身而過？所以我花了如此多的時間只是為了和萬物擦身而過嗎？這些時間並沒有留下來，這些時間從我生命中消失了。倍速的生活，就真的沒有被我們浪費了嗎？這樣我們就能把時間分配得更妥當，過上有效率、不被耽誤的人生了嗎？

我不知道自己為什麼漸漸變成了貧瘠的人，看似豐富的知識和閱歷，實際上只是虛有的成就和紀錄，或者自我感動，二倍速的生活，得到的看似更多，收獲的卻更少了。

恍然大悟，原來事半功倍不是一個褒義詞。

失去深刻，就是快速的代價。

最後我什麼都沒得到，也什麼都沒留下，只是庸庸前進，不知日出和日落有何區別。昏沌的人生，大概就是這樣的意思吧。

如今木心先生〈從前慢〉裡說到的「一生只夠愛一個人」再也不流行了。

現在我們只是走馬看花，淺嚐輒止，甚至不願停下回眸一探，半途而廢變成了自己的強項，學會了放棄的我，感覺再也沒有事物可以傷害到自己。某種意義上，我們成為了無敵的存在。

我想要擁有深刻的人生。

不是被這個世界迫不得已地逼著往前走，也不是為了考試快速地帶過精采的電影，不是日復一日的機械式作業，不是輕觸愛人又縮回自己的雙手，一切不會來得太快，不會來得太多，甚至需要漫長的歲月等候，也或許最後只是一枕槐安，不過是一場空歡喜。我想去大草原等一場流星銀河，如果月落參橫，我就再多等候幾年時辰。我想與你一見如故，不管往後是否分道而行。我想沉浸在一些流緒微夢之中，哪怕最後只是虛空。我想不顧一切揚帆起航，人生的船留在岸邊很安全，但我深知那並不是人造船的目的，我想無視未知的橫浪，不怕自己的方舟碎裂。

我要忤逆人潮，倏然而過。

擁有自己的步伐，慢慢地去感受浪花。

「是仰望讓我遺忘今日的漫長。」

● 仰望便是向陽而生的過程。

總是浮現十八歲的自己，每次當我生活陷入某種艱難的困境時，那段發光的記憶都會隔空拉住正在墜落的我，雖然是如此遙遠的人，卻能用力地托住我，不讓我完全地崩潰。每每想起他，就覺得生活像是被鑲上金邊，他的光照在我身上，因此我彷彿也在某些時刻變成了一個可以發光發熱的人。

就像一顆蒲公英的種子，等待著被風起，借風昂揚。

最讓我印象深刻的便是十八歲生日的當天。當時我剛好考完了大考，邊讀書邊打工兩三年存了一點小錢，計劃著考完高考之後去一趟韓國旅行，那也是我人生第一次旅行，從來沒有坐過飛機的我，準備著離開自己熟悉的地方，踏上我偶像所屬的國家。因為偶像，我在國中開始就自學韓語，那一次也算是現實生活中第一次的韓語實戰。那一年我偶像開了一家咖啡店，他很偶爾會去咖啡廳當一天「店員」，而這偶然的一天，便是我的生日。我一直不覺得自己是一個幸運的人，然而就在十八歲生日當天和他見面，用生疏的韓語和他說話，告訴他我是從遙遠的地方千里迢迢去見他，跟他說他是我荒寂生活中的亮光，問他今天是我的生日，你可以跟我說聲生日快樂嗎。我記得他把咖啡遞給我的神情，記得他穿什麼衣服，記得他跟我說生日快樂時的神情，在要成為大人的那一天，我像是被神淺淺地眷顧了，給我辦了一場盛大的成年禮，給了我長大的勇氣，彷彿跟我說著，別怕，成為大人或許也不是一件太壞的事。

是啊，雖然我即將在那之後承受得更多，長大的路途也更加凶險，經常危遇風雨，常有破碎之時，但是這樣也好，成為了大人，我才更有能力，去做我想做的事，以前做不到的事，往後我可以靠著自己的努力去實現，忽然想起我第三本書的後記寫著這樣的一句話：「青春有青春的好，長大有長大的好。」我知道長大是件很苦的事，付出了很多代價去成為一個更好的人，我也終究在這成長的途中弄丟自己，打碎自己，又試著黏補自己的碎片，我知道我們沒有人可以永遠停留在青春裡，終於我也要成為一個世俗的大人。可是仍然沒關係，現在我有能力可以築建更強大的自己了，我有能力爭脫從前的束縛，我可以奔赴更遙遠的地方。這就是成為大人的意義不是嗎。

至今為止我的每一本書裡都有書寫關於追星的文章，在別人的眼中，我或許只是一個「迷妹」，但是只有我知道，他們之於自己的意義，他是在那麼多的時刻拯救著我，告訴我不要害怕前行，不要害怕明天，不要害怕長大。

我相信喜歡一直都是自己去定義的，只要我足夠喜歡，一切都充滿意義。現在的我，好像不再會像是以前那樣追星了，我對他們的愛不再瘋狂，轉為一種安靜卻錚然的喜歡，它默默地占滿我的生活，默默地支撐著我。

十八歲的十年後。

我再次去看你的演唱會。不知不覺得已經過去了那麼久了，我已經從大學生，畢業後成為了研究生，跌跌撞撞地完成了碩士作品和論文，順利從研究所畢業，變成了職業作家。身分一直在變換，奔往了很多地方，遇見了很多也許不會再見的朋友，寫了好幾本書，做了一些從前未曾想像過的事情，經歷過生離死別，想過自殺，又每次幸運地從死蔭幽谷中活了下來，我學會了放棄，懂得什麼是嘆息。生活徒增了許多堅忍和沉默，看見世界不光鮮的背面，人心有時候比我們想像中的還要醜陋，明白到自己有多渺小，失去和離別可以毫無預警地降臨，傷心來得毫無道理。這兩年來我不常想起從前的自己，可是偶爾一念，我會可惜所有變遷。

我明白一切都不會回來。

如果要說什麼是不變的話，大概就是仰望吧。

抬頭看向一束光，在很多人眼中或許是件很平凡的事，但我覺得那並不平凡，反而無比偉大。

仰望是件無比偉大的事，那代表著我還向陽，我還在尋找光亮。

有了嚮往的人、嚮往的生活、嚮往的模樣，才有了今日仍在緩緩前進的我。

一想起你，我的心就溫馴起來。

我一直覺得自己不能把這個世界徹底地歸類進美好的一方，因為我的生活裡總是滿布荊棘，稍有不慎就輕易地遍體鱗傷，我已經厭倦了那些與陰影對抗的日子，但轉念一想，有你的世界，也不算壞得太徹底。

每當我覺得今天怎麼如此漫長，那時悸動的記憶就會乘著光環來簇擁我，為那些暗沉的日常開一盞小燈。

記憶是有生命的。

有時候，它的光會穿越時空照亮現在的我。

「如果一切都有期限，
那麼我願意相信，痛苦不會是例外。」

忽然想起一個很細碎的場景。

很多年以前，我的一個舊友經歷了她人生第一次失戀，第一次天崩地裂，第一次溺埋在愛的混凝土裡，痛得無法呼吸，有時候致命的不是放棄，而是不再相信。

曾經是一條花甜蜜就的坦途，後來繁花都落盡，以失去的名義枯萎，這條路是如此蕭瑟乾癟，連葉子都熬不過去。

「能帶我走一次你走過的路嗎。」她說。

那一條關於失去的路。

我大概已經忘了我準確跟她說了些什麼。

走過這條路的我與以前的我並沒有不同，我一樣好好吃飯，好好睡覺，認真上課、上班，像從前的日子那樣。我一樣愛聽傷心的歌，一樣偶爾和朋友見面，一樣喜歡看海，看悲傷的電影一樣會哭，看綜藝節目還是會笑，一樣討厭下雨，一樣喜歡坐車的時候坐最靠邊的位置，我一樣看見天空有月亮的時候停下試著將它留在我的手機裡，我一樣愛記錄、愛書寫，洗完頭髮總是懶惰去吹，我一樣常常動不動就頭痛，又睡得不好。我的生活還是照常地過，就像地球自轉那樣理所當然。

只是看見某些東西的時候，人輕微地怔了一下，心臟在那一瞬間，不輕不重地被捏住了。只是偶爾想起你的時候悄悄地愣神。

只是這樣而已，失去……只是這樣而已。

這就是我走這條路的方法，如同一齣陳舊的啞劇，沒什麼了不起，眼前的啞劇總有一天會播完的。

我很喜歡一部叫做《倫敦生活》（邋遢女郎）的英劇，第二季的結局有一幕讓我至今無法忘懷的一個場景。女主F喜歡上神父，但天主教的神父是不能結婚的，他們最終不會有結果。在經歷了許多生離死別之後，她終於好不容易找到一個自己全心全意去愛的人，只是人生不總是如願以償，我們愛的人不總是愛自己。

我覺得很悲傷但很美好的一個場面，就是當她對他說我愛你的時候，他平靜地回應她「It'll pass」。

會過的。

是拒絕，是回應，也是輕撫。

我愛你但沒關係，會過的；你不愛我但沒關係，會過的。

世界每天都充滿著太多的悲劇，我也曾經親手送走自己的最愛。會過去的，我不能稱這是世界的溫柔，但這的確是世界善解人意的地方。一如所有的事情都有終點一樣，痛苦也有終點。只是有些人走得比較慢而已。

「會過去的。」

「真的嗎？」

「是的，你要相信時間，你要等。」

「念舊，是為了溫柔地
對待從前所有。」

● 對於已經結束的事物，記得便是一切的意義。

我看劇和看電影有一個怪癖。雖然因為劇作研究所的關係，每天都要大量閱片，接受新的故事和新的人物，但那只能在我非常清醒的時候看。而大部分其餘的時候，我都會用來重看那些我特別喜歡的電影或劇。

而我可以一直看下去，十幾次，或者更多。甚至知道下一秒誰會出現，準確地知道下一句臺詞是什麼，會跟著主角一起念臺詞，會知道什麼時候背景音樂響起。即使結局已經在那裡，但我還是不厭其煩地再看一次，然後再看，再看，再看，再看。

前陣子得知一個非常難過的消息，就是飾演《神探夏洛克》（新世紀福爾摩斯）的房東太太 Mrs. Hudson 的演員 Una Stubbs 逝世了。《神夏》是我從中學一直追到二〇一七年播放到第四季的英劇，也是我最喜歡的英劇，有時候只是想要一些背景音的時候就會打開《神夏》，當作是電視聲音來聽。

第四季結束那年，我和曾經的摯友一起去英國倫敦旅行，我們到了貝克街221B的地址朝聖，曾經只活在故事裡的地址，近現代已經變成了福爾摩斯紀念館，變成了紀念。那些舊故事、已經結束的故事、甚至並不真實的故事，它們在現實中依然有著重量，它們仍然以紀念的形式存活著。第四季結束在一個很美好的畫面，Sherlock 和 Watson 兩人向著前方奔跑，很美好，這兩個貝克街男人。

雖然私心想要一直看下去，就算是一百季我也會願意看下去，但我知道或許這對於他們是最好的結束。第五季一直沒有消息，直到聽到房東太太逝去的消息，就真實地感覺到結束了，再也不會有後續了，最美好的故事好像就只能一直封存在那裡。因為沒有房東太太了。結束，多麼美好的故事，終究還是會結束。

我喜歡的系列都結束了。伴隨我長大的《哈利波特》、《漫威》初代、《加勒比海盜》（神鬼奇航）、《神探夏洛克》，還有《暮光之城》、《飢餓遊戲》、《疑犯追蹤》、《魔戒》、《漢尼拔》。我知道以後仍然會有新的故事，永遠都有新的故事，我也知道我還會遇到喜歡的故事，我會像現在重看深愛的影劇那樣，去重看它們。

只要是故事，就代表著它必須有一個結尾，也許是某些角色的死去，也許是破鏡重圓，也許是幸福快樂地在一起，也許只是不了了之，沒有一個確實的答案。但是無論如何，故事都會有結束，沒有一個故事例外，只是或早或晚。

我知道結束就代表著再也不再。

我記得有一個月的每月問答裡，有人問我：「人生那麼短，為什麼要反覆去看已經看過的片？」

我也不知道。我想，我不是不能往前走，也不是不能接受新的事物，只是，對於已經結束的事，記得大概就是一切的意義。

人們都說念舊是件很悲傷、很痛苦的事，就像是一切都已經在往前，只有自己徒留在過去那裡。但是現在，我開始覺得人必須接受念舊的自己，而且同時要知道，念舊不僅僅是件悲傷的事，它還同時是件美好的事、浪漫的事、溫柔的事。

有些人已經不在了，而且永遠不會再來了。有些故事已經結束了，而且結局永遠不會再改變了。有些過往無法逆轉了，它們成為了烙印、成為了軌跡、成為了歲月的一部分。

故事是多麼的美好啊。

如果因為短暫的結局而忘記這個故事有多美好，那就太可惜了。不能忘，如果是快樂的話，不能忘記曾經快樂的自己。如果是痛苦的話，更加不能忘，不能忘了那個穿越痛苦的自己。

我認為念舊不是一件無能為力的事，遺忘才是。

所以我願意一次一次地想起，一次次地重新回到記憶裡。

念舊並不是為了緊捉著從前不放手，而是為了溫柔地對待從前所有。

「碎片。」

●

你還好嗎
忽然很想問你這個問題
雖然我知道
你一定會說沒關係
就像到了夜晚就會開燈一樣
如此理所當然的事
我知道你只是習慣了開燈

有些人只是笑著
心裡卻下起了大雪
每個人的身體裡都有一個絕無僅有的季節
誰也無法航至的岸線
我想去你那邊
看看那接近死亡的大雪紛飛，可以嗎

你不必說好
人永遠不只有「好」一種答案
哪怕只是沉默
答案已經足夠鮮明

我不會懷疑
我看見的不是全部
我眼中的你
只是你靈魂的一塊碎片

「我連我的混沌也真誠。」

●很長的一段時間裡，我總是亂七八糟的。開始有點不知道自己在做些什麼，不知道你會不會也有一些時刻，就是突然覺得意義消失了，船不知何時觸礁，慢慢地下沉，我可以感受到身體漸漸下墜，或許不久之後我就會窒息，可是此時此刻，我居然什麼都做不了，就只能靜待被淹沒。

有時自己是清醒，混沌但清醒。

意志在相互打架，好與壞的自我各不相讓，混沌的時候總是會有這麼一個「我」在場，她什麼都不做，只是在旁觀著這混亂的戰爭，誰也不幫，誰都不偏頗，比神還要無情。

我常常分不清楚，哪一個才是主導一切的那個我。

習慣，我甚至已經習慣了這樣的狀態。

其實我一直覺得習慣是一個很悲傷的詞。任何事情走到了最後，都會變成習慣，然後平淡，然後漫長。人生是個很長很長的過程，而絕大部分的時間，我們都在習慣，練習習以為常。變成習慣的過程往往都是不美好的，或者可以說是看著美好漸漸地消失的，有點像是照片褪色般，失彩、失去光澤。

我常常會被問到許多關於憂鬱的問題，比如說痛苦的時候怎麼辦，鬱期爆發的時候怎麼辦等等，但其實我並不知道應該怎麼回答，因為那樣情緒失控的自己，已經離我很遠很遠了，甚至還有點陌生，現在回頭去看那些歇斯底里的痕跡，更像是在閱讀一個陌生人的故事。藥物幫我了很大的忙，我不會再情緒波動，也甚少哭泣，大多數時間都只是處於一個模糊空白的狀態，然後時間就這麼過去了，事後再回想起來，只覺得時光好像是被誰裁剪了似的，記憶不見了，我也不見了，慢慢地我才察覺到自己弄丟了很多東西，可是習慣讓我幾乎想不起我失去了什麼。

丟失的東西也許可能可以找回來，但是忘記的東西是找不回來的。而我就是這樣，忘記了很重要的東西，很重要的感受，很重要的自己。

習慣走著，習慣空蕩蕩的景色，習慣蒼白的自己，習慣模糊的日常，習慣失去彈性的情緒，習慣什麼都沒有。

我覺得自己在褪色。偶爾還會希望生活出現新的痛苦和絕望，給我重重一擊，讓我痛得爬不起來，讓我生氣和不甘，讓我在風雨裡勇敢和成長，可是習慣啊，習慣就會壓抑一切，習慣會讓人停滯不前。整個世界都在飛快地往前，只有我被狠狠地抛在後面，默默地褪色。

我快樂嗎？這是個很單純的問題。讓我猶豫的是，世界上並非如此黑白分明，在快樂和不快樂的中間，有很大片的海洋，深淺不定，含糊不清，難以界定，我常常覺得自己最尷尬的地方就是，我既不快樂，也不難過，我沒有特別想活，但也沒有特別想死，就像是一支斷墨的鋼筆，丟掉吧……但它也還是能寫，繼續用吧……它又好像沒那麼靈活，斷斷續續，寫不出秀麗的文字，沒有成為偉人，也沒有罪惡昭著，也像飛不高的風箏，去不了高處，也還不肯墜落或重新來過。很混沌，而我還沒有能力去用言詞描述這種混沌的狀態，就像是你知道自己忘了事情，但你已經想不清楚自己忘了什麼事那樣。

「我還不夠純粹。我總是亂七八糟的。」

我跟她說，我覺得自己像是骯髒的調色盤，再也混不出什麼純粹的顏色出來。

「沒關係，至少妳每一個混沌都是真誠的。」

有時候可以寫出墨水，有時候寫不出來；有時候筆直地走，有時候步履艱辛；有時候盡情地飛，有時候墜得湍急；有時候善良得義無反顧，有時候後悔自己的軟弱渺小；有時候懂得太多，有時候又恨自己懂得太少；有時候愛，有時候離開，而我在這些中間，跌跌撞撞，找不到專屬的詞彙形容自己。

是，我總是紊亂不堪，又矛盾要強，但又如何，這一切都是如此的真。

真真切切的我，屬於我的混沌。

「如果夜晚不是黑得那麼徹底，
月亮就無法明亮肆意地生長。」

●作為一個觀月者，我時常帶著一部小臺的長焦相機，它不拍任何的東西，只用來拍月亮。

我寫過關於月亮的文章，寫過它的傷和悲，寫過它的醉和美，因為太喜歡月亮了，我甚至還為月亮寫了一本書，還辦了一個展，還與音樂家、設計師合作出了一張跟月夜有關的純音樂單曲，還跟做香水的朋友合作出了一款月亮的香水，我的右手上有一個小小的紅月刺青，每每用到手的時候都會看見它。林林總總，不知凡幾，我太愛月亮了，月亮的光芒幾乎布滿了我整個生命。

月亮啊月亮，宇宙裡不會再有像月亮一樣的存在，月球只有一個，我愛月的陰晴圓缺，愛月的明亮和晦暗，愛月在一望無際的夜晚裡長照，作作有芒。

明亮的東西，我們都愛明亮的事物不是嗎。

追逐月亮的我，只是在逃亡。

心裡有一個這樣腐朽的角落，那裡寸草不生，屍橫遍野，裡面裝著永不磨滅的死亡、無法扭轉的遺憾、日日蔓生的失望、久久不落的螫痛、灰塵彌生的旮旯，醞釀成無可遏止的黑狗。

我每天都與這隻怪物拉扯。

黑狗是如此狂渴。在那溼冷的地牢中，牠拚命地掙脫，轟轟隆隆地拍敲老舊的門框，像沸反盈天的混亂聲響，猙獰的嘴臉發出狂暴的吠聲，一直綿綿續續地發狂著，聲聲入耳，震耳欲聾，無論我走到哪裡，無論我用什麼辦法，牠就是不肯放過我，不肯消停地鬼哭狼嚎，直到牠能掙脫那鐵錚的門鎖，將我啃咬乾淨。

黑狗焦聒的喊聲在黑夜裡長鳴，舊鎖也許馬上就要承受不住牠的猛烈攻勢，也許牠下一秒就會撲向我，把我吞噬。

牠在渴望些什麼，是什麼呢，我的血肉嗎，我的生命嗎，我的整顆心臟嗎，我的活力嗎，我不知道，如果我切下自己的肉骨去投餵牠，割裂生命的一部分去祭拜牠，牠就會消停嗎，我不知道，我不知道我該拿這隻怪物怎麼辦。

我想殺了牠。

在牠的眼中，我也是怪物一樣的存在嗎。

我真想殺死牠。

為了逃離心中黑狗，我開始追逐光。

所有人都以為我是向陽而生，嚮往晴天和光芒，只有我自己知道，這不是一場美好的追逐，而是一場殘酷的逃亡，我為了能夠遠離心中的怪物，不斷地選擇只去看美的事物，我為了能夠掙脫黑狗，而去靠近熱烈的光，追月、賞晴、當個人人喜歡的存在，我的外殼越是陽光豔麗，黑狗就在暗地裡越發囂張地爭鳴。

因為觀月，我時常忽略了許多星星。

原來眼中有太亮的東西，是很容易對其他事物視而不見的。

有一次，只是偶爾，我又再次為了那輪月亮而去往深山的山頂，夏天的熱浪，伴隨著微不可聞的蟬鳴，夜晚深沉暗啞，因為沒有月亮，夜空中浮出淺淺的一列星斗，像是仙子灑落了淚花，全部墜進了我的眼底。

銀河悄悄地跟我說：「要感謝黑夜的長駐，還有月亮的缺席。」

我忽然明白到，並非所有陰暗都需要被照亮。

在我所有關於月亮的照片裡，我一直忽視了一樣東西。它一直在那裡陪我，成為一切的背景。它是如此的重要，卻從未被人珍重。看看黑夜，它也很珍貴。

如果不是黑夜，我們的眼睛便無法尋找光。

黑夜是最完美的靠墊，接住所有亮或不夠亮的存在。

黑暗是光的座標。

黑暗是連結萬物的橋。

是啊。

並非所有陰暗都需要被照亮，你必須要記得這一點。可以留在黑暗裡，可以不痊癒，可以枯萎，可以碎裂，不用急著拼湊，也許是我還不夠光亮，也許是我已經再也沒有力氣去照亮些什麼。也許我只會發現，我只是月亮的一抹影子。

我終究還是無法成為一輪圓月。

沒關係，我可以成為黑夜。

「黑狗渴望的，是愛。」

「最難過的，不是沒有勇氣去愛，而是沒有勇氣被愛。」

●

「我總是想像我在失去你。」
「你從未真正地相信我和我的愛。」
「我從未真正地相信自己值得。」

我的愛深沉、混濁、無可救藥，毫不純粹。這樣的真心裡摻雜了太多傷心、脆弱和自憐，讓我患得患失，委屈自卑，小心翼翼，這樣的情緒常常將我淹沒，使我窒息，連我自己都不能稱之為美好的愛。所以我有時害怕你發現，我的愛並不明亮。

我常常想對你說對不起，原來我從未真正地相信自己。

「愛與習慣，是時光的迴響。」

●愛與習慣，好像是每個經歷愛的人都一定需要去面對的事情。當愛變成了習慣的模樣，那還算是愛嗎。

當他隔空向我投遞這個問題的時候，我不知道如何回答。如果愛不是習慣，習慣不是愛，那慣性向他伸出雙手的我，和慣性接住墜落的我的他，又算是什麼呢？如果愛裡沒有習慣，只有閃逝的花火，那愛真的可以撐過漫長的歲月，成為人生的鐫刻嗎？如果習慣裡沒有愛，那我又怎麼願意讓習慣深溶進我的潛意識裡？

我在糾結這個問題的時候，從來沒去想過，那麼愛真正的模樣是什麼呢。如果我想知道習慣是不是愛，我要先去搞懂愛是什麼。當我害怕愛久而久之會失去了熱戀的感覺，失去了新鮮感的話，難道我便是默認了愛本身是新鮮感，是熱戀嗎，如果愛只是一股熱勁的新鮮感，那麼我長久以來堅持著所謂的愛又算是什麼東西呢。

我的答案是否定的，不是新鮮感，愛應該是更加深邃、更加遠大的東西，愛是可以穿越時間的東西，愛甚至可以超越所有意義。如此而言，我忽然恍然大悟，是我一直低估了愛，低估了習慣。

習慣和時間有關，愛和習慣有關，這三者形成了密不可分的樞紐，時間的堆疊是習慣，習慣的堆疊是愛；愛的註腳是習慣，習慣的註腳是時間，一分一秒累積的時光，變成了愛的模樣。

生命就是無數的時間所組成，如此一來，當我們把一段時光交給一個人，就是把生命的一部分交給了他，很浪漫吧，這是我的想像中習慣最浪漫的地方。習慣會不會就是愛的沉澱呢。

時間為愛加冕，習慣就是讓一件事物長久地留在我們的生命中，如果這樣都不是愛的話，那什麼是愛呢。

「愛真是個太弱的字。」

●

愛應該凌駕在世間萬物之上，包括愛本身。

「你從我的餘生，變成了生命中的餘溫。」

●你走後，歲月開始斑駁成各種各樣的傷口。

有時候我覺得你是傷口，有時候又覺得傷口是你，這樣反反覆覆地蹭摸著流血的裂隙，它們從猖狂到靜斂，一遍一遍震懾我的生活，傷口從你變成了我。

現在我開始分辨不出，到底是哪裡在疼，是否還在疼，還是我已經習慣了這樣的疼。有時候疼痛會說謊，它總是讓我誤以為我好了，然後待我稍不注意，就一發不可收拾。

那時我一直在想，等到畢業那天，我就告訴你，我還喜歡你，我還在等你。殊不知我沒有再遇見你的機會。我一直妄想再見你一面。這樣的執著成為執念，到頭來我再也說不上來，我真的想見你，還是我只是想要自己懸而未決的心事有個了結。

如此一念，一年、兩年、三年過去了，很可笑的是，我其實已經不再想起你的臉，你越來越遠了，遠到我已經無法摹擬。在我的記憶中的你，我們並肩的畫面裡，你的模樣常常是模糊的，我只能清晰地望見自己的樣子。

會不會其實我想念的根本不是你，而是我本身。

你終於從我的餘生，變成了愛的餘溫。

我意識到，你已經湮沒在時間的海裡了。

偶爾我會想，在你的記憶裡，我是否也逐漸地變得模糊，你還會不會記得我從前的模樣，或者記得你從前的模樣，我知道那已經遙不可及，遺憾就像是斷裂的橋梁，我們再也走不回去了。我和你有太多東西都留不住，唯有一些遺憾成為我們之間的殘屑。忘記總是來得猝不及防，如同煙消散在空氣之中，無聲無息無意也無念。

我想，我最終還是會遺忘你。

「光是有時效的。」

●

我們要接受的是，
從前你是我的光，現在你不是了。
從前我是你的光，現在我不是了。

「當我們學會凝視離別的場景時，我們才可以珍重所有遇見。」

● 1

我從來不敢說再見。

我沒有去送他。他獨自離開了。

當時說好的，要送他走他想要走的路，他應該去到更大的世界，去看星月朗然在目，去感受生活的煙塵尾氣，說好互相承載對方的夢想，我不該將愛視為一條拉扯風箏的線，我不該在他迎向七月流火豔陽的時候韁繫著他。

於是我收回拉住他的手。

他出國的那一天，是我大學畢業典禮，我的家人們遠道而來參加我的畢業典禮，我全程就像一個虛偽的陶瓷娃娃站在那裡微笑著，他們都不知道，這個娃娃是空心的，它的內心已滿是裂痕。

沒有人知道，我如何撿起自己的碎片，一片一片縫補和黏貼，好不容易才能夠若無其事地站在眾人面前。
我明明笑著，就這樣笑著笑著，眼淚就掉了下來。

2

我又在犯一樣的錯誤了。
我離開家的那一天也是這樣的，沒有說再見。
我就這樣徒留家人在原地，決絕地轉身，我想那一瞬在他們的眼中，我一定看起來無比勇敢，我是這樣容易地揮別過往，這樣容易地切斷所有情感的牽絆。
沒有說再見。
也無法繼續往前。
我以為我足夠成熟了，可是原來某個生澀的我只是被永遠留在那天，站在原地，無語凝噎地注視著不捨的家人，她永遠佇立在那裡，像是一個長不大的小孩，沒能懂得怎麼面對離別。

她被我永久禁錮在那一天、那個地方、那個模樣。時至今日，仍然因為沒能說出再見，而無法逃離那烏雲蔽日，寸草不生的舊回憶。

再見再見，妳為什麼就是學不會說再見。

3

今天是我大學畢業的日子。

我不僅要跟我的青春道別，跟這所學校道別，和所有過往道別，似乎有什麼被帶走了，在那一個關於離別的季節裡，我一句再見都沒有說。

這算是離別嗎，我不知道，甚至根本沒有任何可以說再見的機會，我總是以為我不說再見，離別的那一天就永遠不會來，可是殊不知，離別一直都在發生，是我避而不談，是我忽略了那些再見。

沒有說再見的離別，就像是沒有被撕走的扉頁，我們之間再也不完整了。

屬於我們的故事已經再也不會完整了。

不是害怕失去就不會失去。
不是不說再見就不會離別。
我以為我努力在抓緊些什麼，但原來到頭來是我不願意去面對，是我先關上了門，我為了不失去任何人，選擇先轉身，選擇將離別匯成了自己的背影，將遺憾的殘忍留給對方。
終究還是太脆弱了。
我還是太脆弱了，承載不了絲毫離別的撞擊。

4

並不是所有離別都有說再見的機會。
那一天我們抱著宇宙的骨灰回家，我彷彿被過去的自己穿越時空用力地抽了一扇耳光。
沒有機會說出口的再見，在我生命中裂出了一道殘酷的疤痕。

總有一天我要去面對那些我學不會的事，總有一天我要面對離別，而當你毫無選擇的時候，上天會用最殘忍的方式讓你學會。

你看看，你應該珍惜那些說再見的時刻的。

非得等到不能說再見了，你才意識到了，在所有的故事裡，有再見的結尾是多麼奢侈的事。非得等到你終於失去什麼了，你才明瞭你雙手緊握的東西和你錯過的東西有多重要。

是啊，如今我默念一萬遍再見，卻再也見不到我的最愛了。

5

有什麼東西要從喉嚨湧出來了，像是深溺進海裡，悶悶的疼痛貫穿全身，從心臟慢慢地往上爬，難過的感覺一下子鑽進鼻子，然後到眼眶，一切彷彿下一秒鐘就要失控了，空氣開始稀薄，你似乎感到了窒息，你很清楚，自己快要受不了，再眨一眼，就會有生澀的眼淚掉落下來，像是吞了一堆沙礫，將你淹埋在沙塵暴裡。

看清楚離別的失落，看清楚那個剎那凝固的沉默。
看清楚自己悲傷的神情，看清楚所有絕望的脈絡。
一定要記得看清楚，自己有多痛。

很痛很痛，痛到再也沒辦法承受多一次離別。
只有這樣，你才能明白，相遇是件多麼珍貴的事。

6

不要害怕離別，不要害怕再見。
唯有當我們學會凝視離別的場景時，才能真正地學會怎麼樣去珍惜所有相遇。離別很悲傷也很痛苦，它永遠不會變成甜的，不會成為生命中的光，可是離別用這種疼痛的方式在教我，告別時和相遇一樣，要認真地望向對方的眼睛，每一句再見，都會變成心裡的星星，緩緩地照亮我日後的路途。
我常常這樣跟我家人和朋友說，如果有一天我又要開始新的流浪，我們之間又添增了新的離別，沒關係的，就讓我們好好說再見，再見會變成層層不滅的想念，你們不是我失去的風景，你們在我的生命裡面，你們成為了我，我會帶著這樣的念想，穿越山海草木，雨過河源，不怕灰飛煙滅，只為再見你一面。

7

說再見、說再見，哪怕有時候再見已經太遙遠。

「我相信我們生命裡的每一次的愛都有意義，哪怕它們並不全是美好的。」

人們說，每個人都會永遠記住自己第一次愛人的樣子。

我常常能想起那個時候的我，如此義無反顧，如同赴一場盛大的春潮，愛的劇烈在於不怕蹚溼。

因為是我先喜歡他，先告白的，所以在他的面前，我總是很卑微，總是在妥協。在我眼中他始終都是個閃閃發亮的人，我只是他生活中的一部分，他卻是我當時的全部。

我一直以為自己是如此的愛啊，可以付出所有的那種愛，不怕蹚溼，不怕渾身寒冷，可是最終這樣的付出只感動了我自己。於他而言，我的愛太沉了，就像是一開始就已經不在天秤上的對等，我越是付出，他越是抱歉。雖然最後我們並不是因為這樣而分開的，但是這樣卑微的感受已經深深地烙下了，成為了愛的遺留。

我雖然無法倒帶將時間回到從前，但我可以收回我伸出去的雙手，那時候的我，固執地認為，愛只是一場你前我退的拉扯遊戲。於是我跟自己許下承諾，下一次戀愛我絕對不能成為先喜歡的那個人，我要做被愛的人，不想做去愛的那一方。

如願地幾年後，我遇到了很愛很愛我的人，他愛我像是當初我愛我的初戀那樣，劇烈的、不怕淋溼的、沉重的愛。我突然間意識到了從前的問題，自己的問題和他的問題，我反問自己，我在做什麼？

這是我想要的嗎？我只是用新的愛去彌補舊的遺憾。給自己設限，以愛之名，束縛對方和我自己。新的愛永遠彌補不了舊的洞。愛情不是拿來修復自己的工具，這不是去愛的目的。愛一直都不該是目的，而是動力。

是的，愛太沉重了。愛應該是生命的豐盈。我們應該豐盈對方，而不是付出整個世界，甚至自己，去愛對方，那樣的愛的確很轟烈，但轟烈是有後遺症的，它往往伴隨著漫長的荒蕪。可是，愛的結局不應該是荒蕪啊。

如果愛到最後，什麼都沒有留下，那愛就太悲傷了不是嗎。

我相信所有的愛都會以一種我們想不到的方式教會我，什麼是愛。愛的意義，它不總是美好的，但它在教我反省，教我豐盈，教我在餘生裡如何更好地去愛自己、愛世界、或者下一個人。

「我們的心就像是容器，裝了太滿的東西。」

●

「今年的妳想要許什麼樣的願呢？」

「我想要接近一無所有一次。」

關於小時候的願望說實話我一個都不記得，它們好像被我丟到名為童年的小盒子了，後來我再也沒有打開過它。長大的過程中，許願從單純的渴望，變成了現實的衡量，我們好像越來越有能力了，可是代價是什麼呢？

很喜歡她的願望裡用到了「一無所有」這個詞，現在回想起自己許願的時候常常只是希望「有」些什麼，幾乎不會去說希望自己「沒有」些什麼，某個程度上，願望可以稱為一種對擁有的渴望，對嗎？然而，當我去思考擁有的時候，就得先去思考沒有，只有這其中一方，是不足以成立些什麼的，所以我常常覺得得到和失去很像，只是一種換了名字的經歷罷了，看見她的願望，又再次提醒了我自己，不要總是注視著「得到」的，而忽視了我所「失去」的。我常常在想，我用什麼換來今天的我，為了那些不能放棄的一切，我又放棄了什麼呢。我為了快點懂事，放棄了青春；我為了窺探更大的世界，背對了家鄉；我為了獲得別人的喜歡，奠祭了自己。就是這樣，我貪婪地往自己的生命中充塞著各式各樣的色彩，總是以擁有為前提，向世界索取，攬收萬物的絢爛。

流浪啊流浪，我意識到今年是離家流浪的第十年，我已經從一無所有，到應有盡有，這幾年的日子裡，嘗了很多苦頭，也有不少的收穫，不能簡單地用好或不好來概括，現在回想起當年一無所有的自己，我才發現自己並不是一無所有，至少我擁有著不顧一切的勇氣，而在往後的很多年，我明白這是一件多麼可貴的事。是不是所有的故事都是這樣呢，總是在回想中燦爛發亮。

我不再一無所有，也不再將就，終於我也不再渴求。

我已經開始忘記一無所有是什麼樣的感覺，我也不再純粹或天真，我的內心已經混入了很多顏色深淺不一的東西，其中甚至有許多根本只是無用的垃圾，這些東西漸漸地將我掩埋。像是一個房間，學會一個道理，就是往房間內新添一張椅子，碰壁就是某個家具壞了，重新換上新的家具，某些心事像是來不及清理的外賣盒子，誰的閒言閒語就是毫無用處的傳單紙，傷心是我用來擦拭眼淚而留下的衛生紙團，想念則是我把藥丸吃完而留下的藥片包裝，回憶是已經很少再拿出來穿的舊衣物，盼望像是我剛買下來裝飾書桌的擺設。就是這些事物彌天亙地鋪滿我的房間、我的心臟，現在我要直走進我的內心，需要繞過許多許多的東西，步步艱辛。

因為裝了太滿的東西，所以我們才這麼難看見別人的真心嗎。

忽然想起很久以前讀過的一個叫做「容器人」的理論，來自日本傳播學者中野收。他認為現代人的內心世界是一個類似罐狀的容器，每個人的「容器」是封閉的、孤立的。人們為了能夠打破這種孤獨的狀態，所以渴望與人接觸，所以人與人之間才會相遇，因為我們的心就是一個閉封孤獨的洞。

這個理論總是讓我覺得很難過，因為容器和容器的相遇，只是玻璃外壁互相撞碰罷了，而往往，我們太過於用力，就會碎裂。

容器，我們就像是脆弱孤獨的容器，裝得的東西越多，就越缺乏去撞碰的勇氣。

有時候是為了保護自己的容器不被打破，有時候則是已經習慣了房間的安逸，畢竟我們已經不再一無所有，一旦碎裂，房間裡的東西就會傾盆瓦解，為了保護自己的房間，不再去相遇又有什麼關係。

代價，總是太多的代價。

失去的成本太高了。

現在我擁有了很多，那些以前缺乏的、難以做到的，我都可以靠自己的能力得到了。唯獨缺少了不顧一切的勇氣。

最近我常常會想，現在的自己能夠拋下一切去一個新的地方歸零，重新開始新的生活嗎？我還可以忽視所有的故人和故事，像最初的我那樣義無反顧地和誰相遇嗎？這時的擁有竟然變成了一種束縛，總是讓我們置身在透明的容器之中，卻一步也不得動彈。我開始顧慮，開始瞻前顧後，從不思考將來的我開始規劃未來，開始築起城牆，開始保持距離，我更「成熟」了是嗎？我變成了徹底的大人了，對不對？

如果可以，我想再許一個願。

願自己歸零，不怕未知靠近。

「有人愛你，記得去擁抱，
而不是逃跑。」

「只要我還愛著什麼，
世界就不能傷我一分一毫。」

「在路上，便是我們的日常。」

●

我開始不願意相信永恆。

我曾經覺得有盡頭這件事好可怕，我們都怕有一天東西會用完。認為這個世界最殘忍的一件事，便是耗盡。

等到一切都耗盡，我該拿什麼重新開始呢。我不知道自己還能去愛幾次、期待幾次，我還有力氣張開雙臂去擁抱什麼嗎，我還能生長出更大的夢想嗎，我還能夠尋找我渴望前往的地方嗎。

人就是在躊躇之間，丟失歲月的。

其實在五月最後一天就一直想抽時間寫月記，但是五月過得很混濁，一靜下來，發現自己已經無法分辨出五月真實的樣子，是我也跟著變得混濁了嗎。想著只要我還沒寫完這篇月記，五月就不算是真正的離我而去。可是就在這些自欺的躊躇裡，我丟失了六月的時間。終究還是要往前走的，對吧。

不去消耗的結果便是無，不是嗎。

不去消耗什麼的我，連現在也不能擁有，不是嗎。

意識到一切都有期限這件事情，竟然開始給我一種安慰的感覺。也許餘生裡不會再見了，所以用盡全力去善待彼此。也許再也沒有這麼去愛的時候了，所以不後悔此刻的溫柔；也許時間鶩梭，一切只會不斷稍縱即逝，所以用銘記來將每個瞬間刻成雋永。

很喜歡「在路上」這三個字，成了我近幾年最喜歡的狀態。生命就是在路上的曠途，我們永遠都在離開些什麼，永遠都在抵達些什麼。在耗盡，也在補充。在遺憾，也在遺忘。在凋謝，也在重生。喜歡的路上，路上的喜歡，這些沒有一樣事物是永恆的，但是在路上，一直都是好的。

不知道為什麼這個詞讓我想到了自由，即使途中有再多的不愉快，即使我們要無數次經歷離開，但知道自己在路上，再多的未滿也只是未抵達，再多的不捨也只是不敢，人生彷彿能剩下多一點的盼望。

在路上，這三個字沒有過去也沒有未來，每個此刻都是如此的珍貴。

「勇敢是一種不怕自己的勇氣。」

● 我一直都覺得自己是個很勇敢的人。

遇到不懂的事情就去問，遇到了迷路的時候總是衝在最前面去找路，遇見了未知就勇於去闖，甚至還會有些許未知的興奮，應付生活的未知對於我來說是件輕而易舉的事情，所以我敢自己一個去新的城市生活，我敢去承受風雨，哪怕獨自挑燈暗往，也在所不辭，在人海裡孤行，不問前程。曾經我以為的勇敢就是這樣的，勇於奔往不就是勇敢嗎。有獨自一人去面對世界的勇氣，不就是勇敢嗎。

直到我翻山越嶺，卻來到了寸草不生的土地，我在空寂的生活裡失去了生機，再也生不出半朵花，在我的土壤上再也生長不出什麼燦爛的東西來，即使我去到再廣闊的地方，去看再多的日月、星辰、曠野雨落，也抵不過內心的荒蕪遙遙無期。

那時我才意識到，我一直以來認為的勇敢，只是我逃離內心的一個藉口。我欺騙自己我其實很勇敢，我勇敢去追尋很多人都不能輕易去嘗試的生活，我勇敢去迎接未知，勇敢走出舒適圈，勇敢去面對生活的磨難和困境，可是我卻不敢面對我內心的黑狗。

很多時候我們都覺得勇敢是實際上做出了什麼樣的行動，戰勝了從前的恐懼或者是以前不敢做的事情，但我認為不是的，你的困境在哪，你的勇敢就在哪。

真正的勇敢是面對自己的勇氣。

我一直對自己都不夠誠實。

我一直都過不去。

我其實不堪一擊，我常常因為一些芝麻大點的事而難過，可能只是一句話、一句歌詞、一篇文章、一個眼神，心臟就被劃破一道裂口，久久不能修復。我常常羨慕別人有修補的能力，不像我，只會楞在原地，看著對方的背影逐漸離我而去。我害怕自己的尖銳，會不會一不小心就傷害到我愛的人或者愛我的人；我害怕我的冷漠，燃燒不起我對生活的熱愛；我害怕我的努力付之一炬，用盡了全力但一切都沒有變好；我害怕別人看見我糜爛的樣子，我害怕面對他人的目光，我害怕我日復一日沉浸於對別人的愧疚之中；我害怕時間的絕對，害怕有一天我的想念都會被時光磨鈍；我害怕我終究還是要與時間和死亡妥協，害怕我對生命的愛終究抵不過風雨晦暝；我害怕自己最終只會平靜地接受這一切，像所有走過這條路的大人一樣，若無其事地說起自己的經驗。

我害怕自己。

承認自己是脆弱的，比強迫自己堅強，需要更大的勇氣。

總有一次，你需要去面對自己的刺。

我曾經在我的花園裡種滿了花，一路豐盛浮華，像是童話的一幅畫，陽光灑下來的時候明晃晃得讓我睜不開眼，而現在，我看見我一路栽種的鮮花折死在半路上，一朵一朵片片凋零，世界都失色。

我的花園已經荒廢，我再也沒有養分了。

於是我不斷逃離我內心的廢墟，企圖要在外界的領域尋找生機。然而，找不到的，這個世界哪裡都沒有能讓我的花園起死回生的辦法。

因為我害怕我的花園，我害怕自己，我害怕荒蕪。

有時候勇敢可以是走出去，有時候勇敢可以是留下來。即使自己的土壤上一無所有，還是認真地灌溉，日日施肥，向陽而生，偶有風雨交加，也只不過是成長的養分所至。今天沒能開花，沒關係，明天再試試看，明天不行就後天試試看。真正的勇敢應該是這樣的，有面對失望的勇氣，也有嚮往的勇氣。

有了嚮往，自己的土壤上才能開出花，心裡有花，就是所謂的生命力。

你有看過四月的盛櫻嗎。

它們只能在不冷不熱的時候盛開，它們的花期很短，整片盛開的櫻花，開花到凋落只不過兩三天的時間。四月的一場櫻花雨啊，我站在整排粉白的櫻花樹下，有花雪喧然飄落，如松風拂面，陽光只是花簇的遊伴，一切恰如其分。那天晚上一場大雨，一夜之間，所有的櫻花都落光了，像盛筵必散這個詞，總是伴隨著太多的悲傷，我也會想也許我此生再也不會看見如此壯麗的櫻花雨。

花園的花不會長青，我現在知道了，但這不代表盛櫻並不美好。
那天晚上我偷偷寫下，要在自己的心上種花啊。
你看，我的人生並不蒼涼，我有一棵屬於自己的夜櫻，即使它只開一天晚上，即使它明天就要全部掉落。這一棵不是所有人都看得見的花樹，它陪我駐足極目，不再荒蕪。
我有自己的盛開和掉落，與這個世界無關。

勇敢也許一直都是自己的事。

又再一次回到我的廢墟。
這一次，我竟如此的滿足。真好呢，我有那麼多空餘之地可以填滿，我有那麼多歲月可以努力，我還想盡力去裝飾我的花園。
我現在明白了，我的心就是我的栖息之地，我要善待她。

「見過深淵，就不再懼怕深淵。」

●

見過深淵，就不再懼怕深淵。

真實的生活是無法預計的，所以我認為需要勇敢的時刻都不會有任何的預告，沒辦法在要跳躍之前有心理準備，深呼吸，預備墜落。真正需要勇敢的時刻，都是迅速而兇猛地撞擊，上一秒還是晴天，下一秒就已經掉落在意想不到的深海裡，馬上就缺氧了，我甚至沒辦法去選擇要還是不要，沒有選擇，除了活下去，就沒有別的選擇，沒有「不勇敢」這樣的選項。然後在活下來的那一刻，發現自己已經勇敢了，絕處逢生，死裡逃生。當然這個死亡並不是指物理性的失去生命，而是意志上的綻放和凋零。

勇敢是一場獨自抗爭的戰鬥。即使沒有任何人看見，但在這些缺氧的時刻裡，你懂得自己是如何生存下來的，接下來的生命已經截然不同，你又拯救了自己一次，又一次看絕地的風景，又一次見證自己的強大。

你是活下來的人。

我見過最劇烈的美，就是那些經歷自己的世界崩塌成廢墟，自己曾相信的一切被燒毀成千千萬萬灰燼的人，他們墜入過無底深淵，目睹過所愛之人事物被世界奪去。即使是這樣，下一天，下下天，無數個明天裡，他們仍然默默重回到生活之中，看日出、看日落，努力地呼吸著，親手拾起自己的碎片，重新來過。不忘記從前的悲痛，默默地重新來過。

這是我能想像的最美、最偉大的一件事。

「愛不一定閃閃發亮，有時愛也晦暗，愛也有萬難。」

● 愛不脆弱，可是有時愛是鋒利的。

愛有時會修補我，也有時會打碎我，我們有時會不小心被愛所傷，又會不小心以愛傷人。而當我們越愛，就越發現，愛是未滿的，因為每個人想要的愛和給予的愛都不一樣，於是我和你之間就有了空隙，於是空隙隔開了我們，我們的愛有了溫差。以前覺得有愛就行了。但現在知道，生活不只是愛，生活還有很多現實的部分。

只是愛裡也會有縫隙。

沒有所謂更好的愛。我們無法去界定誰的愛更偉大，誰是第一、誰是第二，畢竟愛不是一個比分的遊戲，沒有誰比誰高級，我眼中的愛和你眼中的愛，折射出來的光芒都不盡相同，或許有時候愛也不一定是閃閃發亮，或者有時愛也晦暗，愛也有萬難。

愛也會有無可奈何的部分，大概因為這樣，我們的愛才總是未滿吧。

「悲傷是因為你比想像中的
還要愛這個世界。」

●

還在愛著，一直愛著。

「即使你的心是破破爛爛的，我也不會失望。」

●

我們的真心難喻不可見。

媽媽最常評價我的一句話便是：「妳真的是個很冷漠、很自私的人。」——我猜我真的是，否則我不會逐漸地對這句話感到麻木和不以為然，起初她以為這樣的話就能改變我冷漠的行為，然而我早就已經丟下了那張戴了十幾二十年的虛偽面具，從我脫下面具的那一刻，我就決定我接下來的人生都要誠懇。

我怕到頭來，我的生命被時光磨滅殆盡，偽裝在身體裡駐留太久，代替了原本的自己。

任何事物都經不起這樣年月裡的消耗，我們的心臟也是。我已經浪費了太多時間假裝我那些沒有的真心。

我怕我的一生不夠誠懇。

很多時候親戚來關心我的狀況或者跟我寒暄，我都不會回應，比如我出書了，他們就會誇獎真的很棒啊、為妳驕傲等等，我都不會回，媽媽曾經三番四次地跟我說，妳不能這麼做人，這麼沒良心。我覺得一方面是因為自己不喜歡回訊息，一方面是這就是我的真心，不需要去跟誰交待我的存在，再說我總是覺得這是一種很表象的對話：妳很棒、謝謝，很為妳驕傲、謝謝，我想不到任何謝謝以外的回應可以說，也想不到任何關於這段對話的意義，但也許這就是他們不冷漠的行為，不介意對別人做些毫無意義和不切實際的對話和交流，而這種行為我不願意去做，所以在我媽媽的眼中我就是冷漠、無情和自私。相比起來，表妹卻是一個很會「做人」的人，她總是有來有往，有問必答，所以深得親戚們的喜歡，我跟她討論過這個問題，她說她其實也不喜歡這種無意義的寒暄，可是她習慣了，她沒辦法做到像我那麼灑脫（冷漠），所以哪怕是麻煩和困擾，她也會盡全力去做。那時候我就想到了一個問題，虛假的熱情和真心的冷漠，人們會怎麼選？

我常常覺得表妹是一個很溫暖的人，源於她能孜孜不倦地面對人（特別是她是國小老師），都還能體面地生活，而我雖然能夠體面地面對人，但卻需要很久時間才能恢復能量，比如簽書會就會用掉我一個月的力量，面對人好難，體面地面對人更難，我會常常害怕把自己的裂痕藏得不夠深，於是越來越遠離人群，也可能是因為人群不是我生活的必需品，所以無須時刻去面對，但表妹不一樣，她的生活充滿人群，所以她不這麼做，她就生活不下去。

這個世界很奇怪，有時候人們想要的並不是真心。

彷彿只是一套遊戲規則，巨大的世界場域裡，人與人之間的世故，並不是真的靠真心去維持的，很多時候，靠的是不真心的行為。

有一次她問我，妳覺得我是溫暖的人嗎？我說妳當然是，如果妳不是，那世上就沒有人是溫暖的。

她說大家都覺得是。我認為這句話很悲傷，因為那是大家認為的她，而不是她認為的自己，所以她才會問我，所以她才不回答我也這麼覺得，因為某種程度上來說這種表面上的溫暖其實是她的保護色，她不是習慣去溫暖，而是習慣了這種保護色，但她在我面前不會這樣，唯有我問她問題的時候她才會從「有問必答」的模式換成「可以不必都答」的模式，我說這會不會才是妳的真心？

她沒有回應。

人性很複雜。

我很會說漂亮的話，這是我的優點也是缺點，所以我能夠在面對別人的時候調動自己最「漂亮」的一個切面去應對，就跟表妹一樣，只要有人問就必定會答。有時候不是源於真心，而只是一種生活上的合宜得體，這些熱情可能是假的。然而當她開始展現自己真心時，比如對爸媽表露最真實的一面時，他們之間就會吵架，爸媽就會質問，妳為什麼不回答我的問題，為什麼妳對別人可以熱情，對我們卻如此冷漠。

是啊，為什麼呢。因為在世界的面前，我要「好」，可是在最親近的人面前，我想做沒那麼好的我。可是為什麼他們沒能明白呢。

所以我媽媽才會說，妳怎麼那麼冷漠沒有良心。當我們真的把真心放在別人的面前時，別人不一定會喜歡，包括我們最愛和最信任的人。

有時候真心不一定是好的，真心也會傷害人。

當有人對我說愛應該充滿期待的時候，我搖搖頭。
然而期望就會帶來失望，失望牽絆著失去，失去便是離別的隱喻。

我聽過最溫柔的話，不是我愛你、我懂你、我等你、我想你、我要你、我真心對待你、我陪你，而是一句「我不會對你失望」。
即使你的心是破破爛爛的，我也不會對你失望；即使你的真心是冷漠的，我也不會失望；即使你不作任何回應，我都不會失望。

「我敬畏自己的明亮，也偏愛自己的殘缺。」

●

我既是離自己最遠的人，也是離自己最近的人。

我們其實終其一生都在摸索自己的邊界，這個過程就是去瞭解自己喜歡什麼、不喜歡什麼，自己的明與暗，自己的晴風和雨雲，以前覺得我可以選擇自己的某一面，成為「最原本」的樣子，我要去尋找那個自己。

現在我才明白，自我不是尋找的，是形成的，我不是從生活的蛛絲馬跡中尋找遺落在生命某處的自己，而是迂迴地遇見當下的自己。世界上無論是哪一處都不存在我理想中的自己，所以哪怕翻山越嶺也自然不會找到。自我是在路上一點一點形成的，比如遇見一些壞事，就發現自己比原先的勇敢一些，於是在自我中加入了一些勇氣；比如好不容易離開一些人事物，再加入了一些決絕；比如去愛的時候，加入一點奮不顧身；失去的時候，再加入一點悲傷和疼痛，就是這樣一點一點，成為我。

這一場盛大的相遇，需要一輩子的時間。

而且，最重要的是，別人不行，必須是我。

我，非我不可。

我嚮往自己的陽光，對待別人的明亮和些許善良，我雖然仍然說不清楚溫柔的定義，但我試著用自己的方式柔軟地對待這個世界，溫柔從來都得來不易，那也許是我犧牲和讓步了許多才能換來的，我敬畏這樣的自己。

同時我也想珍惜自己的殘缺和稜角，我在一路上失去了什麼，醞釀出什麼，我的身體裡有悲喜交加的聲音，它們滋長出無數個有望和無望的苗芽，我的恐懼、我的渴望、我的尖刺，通通都那麼珍貴。

不會再有第二個我了。

珍惜自己的存在，不必悔改。

「我還是要悲傷，還是要疼痛。」

●對我來說，二〇二二年是覆滿悲歡，潮起潮落的一年。其中很大的一個達成便是，研究所順利畢業，出了書也辦了關於書的展覽，可是這些我都快要想不起來其中的細節，只記得宇宙離開的那天後，一切對我來說已經不再重要。現在重新翻開去年寫的日記，我才能回顧到這年的自己到底有多努力。

六月月記。

完成了畢業的事情之後，我意識到自己研究生的身分已經走到了尾聲了，填寫了學籍表，開始辦理畢業的程序，繳交畢業生的資料，寫自我評鑑，回顧自己研究生這將近三年的時光，想了一宿沒有落筆，三年時間匆匆，我並不能總結自己到底學會了什麼，到底有什麼獲得，值不值得，有沒有不捨，開不開心，快不快樂，後不後悔。三年過去了，我好像什麼都沒有學會，又好像學會了些什麼。曾經以為學習應該是一種獲得，現在明白了，學習其實是一種懂得，懂得取捨。或許我已經懂得，總結已經不重要了，我不需要去總結了，因為它們早已經變成了我的一部分，缺失的和緊握的，不是一種結果，不是用贏了或輸了、成功了或失敗了來衡量，它們同時存在著，都變成了我，它們都成為我靈魂的一部分啊，我的靈魂，我失色的靈魂。

最終我在自我評鑑裡的最後一句寫：「願自己能夠帶著從前的一切一直往前。」

往前，我還是要往前走。

七月月記。

近日頻繁地想起阿萊杭德娜寫的一句話：「我想在一切終結的時候，能夠像一個真正的詩人那樣說：我們不是懦夫，我們做完了所有能做的。」

頻繁地想起，一切終結的時候。

好好吃飯，好好睡覺。這個月看醫生的時候把抗鬱的藥減半，然後開始渾身都難受，又說不出是哪裡難受，比如說吃不了東西，想吐，頭暈頭痛這些都是常事，減藥的原因是因為我說我太麻木了寫不了東西，人真的很矛盾，沒有情緒的時候痛苦，情緒起伏的時候也覺得痛苦，沒有中間。然後副作用就來了，我開始毫無理由地哭泣，好可怕，明明什麼難過的事都沒有發生，就是安靜地聽一首歌也可以哭，看以前的照片也可以哭，想到某些事情也可以哭，什麼都哭。人真的沒有中間。

前幾天跟朋友去看海，他跟我說他下個月要上大夜班，他的作息也要壞掉了，我就說，一起壞掉吧，他回，不，我只是暫時壞掉，妳（的作息）是一直壞掉。

是啊，人家只是零件暫時故障了，而我是缺乏某些零件，我明白了，人家是暫時沒有，我是永遠沒有。

我笑了笑，覺得他說得無比正確。

八月月記。

宇宙走了，至今我都想不起來這個夏天我是怎麼度過的。

然後是九月十月十一月十二月，時間開始緩慢模糊，疼和痛毫無差別。

前陣子久違地和曾經的摯友見面，當時因為一些小事而漸行漸遠。再次見到她，沒有了熟悉的感覺，也沒有了耿耿於懷的疙瘩，忽然有點想不起來自己到底是為了什麼與她不再來往，我猜一切的原因都不再重要了。人總是這樣，無論如何回憶起從前，都只會覺得自己又蠢又傻。

這樣好嗎，我不知道，我想我還是要從頭來過的。我曾經以為自己可以不再歸零，不用歸還那些生命的饋贈，其實不是的，所有事情都在悄悄地流失，以一種自己意想不到的方式。

我曾經以為自己寫過很多悲傷的文字，便能很好地消解死亡帶給我的傷痛，可是果然我在絕對的事物面前，仍然是那麼渺小和無力，像是一隻螞蟻想要擺動一座沙漠一樣荒唐。很多次我都想問為什麼，可是到最後就會發現這個世界根本沒有什麼為什麼，我猜連神也不知道答案吧。

去糾結根本沒有答案的事情，是件多麼可笑又可悲的事。

可是啊，人還是會糾結，還是會去感受疼痛，對不對，因為這就是我們獨一無二的，去擁抱生命的方式。

所以，我還是要悲傷，還是要疼痛，還是要不顧一切地去努力留住已經逝去的一切，還是要追逐那掉落的月亮，試圖撈出海中月，我想我還是會這樣不顧一切地想念，直到生命終結的那一天，這就是我啊。

我知道冰川大雪已經沉積在我的身體裡面，堵住了生命之樹的根與門，所有蓬勃新綠的生機早已沉睡和剝落；我知道遙遠的烈日一時三刻無法溶解年年落雪的冰窟，我還要於這冷夢荒涼度日；我知道這漫長的雨夜終將連同狂風暴雨一併褪去，勁風吹送的浪花終會平靜；我知道有一天當我回頭萬里，也會迫不得已與故人表絕，直到山河都失色。

我知道長夜將盡，白晝將臨，我終將迎向無數個黎明。
我知道我還是會借風昂揚，日夜兼程，去走那些我沒經過的路。
所以，不要怕，這就是生命，這就是我啊。

「終於明白，我並不需要逃離我自己。」

——後記

在準備要書寫《如初》再版的時候，我花了一天夜晚徹底地去翻看從前的文字，那個深夜裡，我聽見了許多來自過去的聲音，它們是很多塊的碎片，被放進了一個盒子裡，我揹著這個沉重的盒子，不停地往前走，每走一步，我就會聽見這些碎片們互相撞擊邊框，發出來的錚鐺鐺的聲響，每一步，都有著漫長、零碎、空靈的回聲。

我想了那久，我想，那是二十歲的我留給自己的聲音。

那天夜裡，我開玩笑地給表妹寫了幾句話：

現在回頭看自己十年前寫過的文字，我想撞死我自己。

可是妳知道嗎，我偶爾也會羨慕她。

現在的我已經再也寫不出那樣的文字了。

易碎、矯情，卻有著不死的決心。

鏗鏗鏘鏘、叮叮噹噹，步履不停，一見如故。

我一直在想，二十歲的自己，想要穿越時空告訴我些什麼。

我要離開你
如果不行
我就離開我自己

這是我多年前寫過的一句話。離開自己，我時常思考怎麼樣才可以逃離自己。為了遠離自己多一些，我試著去成為別人。我開始分裂、糾結，我像是打翻了的墨水，弄得亂七八糟，懷疑，每一刻都在懷疑，什麼是我，我真的是我嗎，如果這個我只是假裝的，那真正的我呢，可是相反，如果我不是那樣的我了，如果我變了，那我又在哪裡呢。這些問題，每天都在問自己，可是啊這個世界擅長製造各種各樣的難題，卻從來不提供問題的答案。我到底是什麼，這些問題，總是纏繞著當時的我，甚至一直延伸到現在，我仍然會被這些問題纏繞住，偶爾還會被絆倒，有時我覺得我已經找得到答案，但那些答案又成為了生命的沙石，時刻磕磨我的雙腳。

我總是不能給自己確認的眼神，所以我總要向外界索求肯定的目光，急著確認自己的顏色，這樣的渴望使我時時刻刻都鞭束著自己，是我的皇冠，也成為了我的籓籬。我常常覺得只要我做到了大家眼中覺得羨慕的存在，我就是成功了，我就會快樂了，我覺得那就是成長啊，好好地成長為一個「好」的存在，但實際上，我並不快樂，我一直在尋找屬於自己的邊界，但原來邊界是我自己劃下的，是我在畫地為牢，自我拉扯。

我一直把「自己」想成了那麼狹窄的存在，把自己像成了是模具模製出來那樣的物件，到了成長的某一刻，我就徹底地定型的。然而，不是的，我一直都是寬廣的，我可以離開的，不用逃離自己，而是將從前視為一張舊時的明信片，珍重和收藏它。

重新翻閱那些舊時光，我終於聽清楚二十歲的自己想對我說些什麼——「不要討厭我，也不要忘記我。」

恍然大悟，原來一直以來在我內心深處，我只是希望自己能夠不要討厭自己。我無須去否定過去的自己或錯誤，不必去切掉已經壞死的部分，我不用去扭轉所有錯誤的傷痕，也不用將未完成的空洞視為致命的疤，我不用厭惡缺憾，不用排斥痛苦在我身上的顯化，我可以把它們視為紀念品，一個來自於過去的自己的紀念徽章。

終於明白，我一直都不需要逃離自己。

二十初的我，破碎、矯情、作繭自縛、卻又無比沉溺在這路遙馬急的人間之中，深刻地感受世界給我的喜怒哀樂，有時候我會很懷念那樣的自己，有著人間最美好的樣貌，不是外表、不是成就、不是那些可以具體化的獲得，而是張狂的生命力，不斷地掙扎、沉溺，不甘也不捨，生澀也生疏，浪漫也浪費，難過也難忘，她試圖用自己的方式去感受這個世界，這是她深愛生命的方式，這是她去尋找自己的方式。

終於，我知道了每個時刻的我都是珍貴的，終於。

我喜歡終於這兩個字。

像是承載了很多時光，長風棲歇，溯流而上，堅忍地走了好遠的路，山水萬里，終於抵達這裡。終於，是的，終於，那麼漫長的歲月過後，時間發酵，四季流轉，我想到現在我還是在尋找自己的路上，也許未來仍然還要走，也許現在的我也正在給未來的我留下什麼回聲，也許有朝一日，有生之年，會變成下一個終於。

想起二〇一七年這本書初次出版的時候，人生第一次看見自己的書出版，第一次擁有了屬於自己的簽名，當作是親簽的小禮物，有幾十本書寫上了這樣的一句話：「唯有自己完整自己，才不會留有任何縫隙。」

曾經有人問我這句話是什麼意思，當時我覺得完整自己就像是黑色和白色相遇那樣，現在才知道，完整自己，是指過去和現在的自己互相填滿和作伴。

我希望看到這裡的你們，能夠明白，感受自己和自己的糾結是一種了不起的事情，那也令我們的人生獲得許多意料不到的美好，悲傷有時

候也承載著美好，不要再去討厭悲傷的自己，不要毀滅自己的影子，
而是去擁抱自己，厚愛有加，至死不渝。

不朽

2023.08.15 06:09 TAIPEI

終於要與自己
和好如初

不朽

黑色的自己

BLACK

皇冠叢書第5122種｜不朽作品集 03
終於要與自己和好如初

作者—不朽 發行人—平雲 總編輯—許婷婷
責任編輯—蔡承歡 美術設計—嚴昱琳 行銷企劃—薛晴方
設計素材—©shutterstock
出版發行—皇冠文化出版有限公司
臺北市敦化北路120巷50號
電話◎02-27168888 郵撥帳號◎15261516號
皇冠出版社(香港)有限公司
香港銅鑼灣道180號百樂商業中心19字樓1903室
電話◎2529-1778 傳真◎2527-0904

著作完成日期—2023年8月 初版一刷日期—2023年10月
初版十三刷日期—2024年3月

法律顧問—王惠光律師 有著作權・翻印必究
如有破損或裝訂錯誤，請寄回本社更換
讀者服務傳真專線◎02-27150507 電腦編號◎588003
ISBN◎978-957-33-4072-0
Printed in Taiwan 本書定價◎新臺幣380元/港幣127元

國家圖書館出版品預行編目資料

終於要與自己和好如初 / 不朽 著. -- 初版. -- 臺北市：皇冠,
2023. 10
面；公分. -- (皇冠叢書；第5122種)(不朽作品集；03)
ISBN 978-957-33-4072-0 (平裝)

855 112013589

皇冠讀樂網 | www.crown.com.tw
皇冠Facebook | www.facebook.com/crownbook
皇冠Instagram | www.instagram.com/crownbook1954
皇冠蝦皮商城 | shopee.tw/crown_tw

CONTENTS

「習慣悲傷，就不再嚮往陽光。」

很多很多這樣的夜晚裡面，當天色冉冉地從天藍色注進深邃的黑，霧色開始發濃成一盤濃稠的墨，周遭漸漸失去世界的聲響，世界彷彿成了游離的塞外，而我像極了一座被隔離的孤島。
有時候我會覺得，這樣離散於人群，把自己安放在一個萎縮的繭，是件很安心的事。
——一個受了傷就會想要逃進去的洞穴。
在那個潮溼的洞穴裡，沒有一絲刺眼的白光，杳無人煙，可說是荒草雜生的地方，因為過於漆黑，反而看不見任何糜爛的霉斑，因為足夠黑暗，模糊了美好和醜陋的界線，可以嘗試掀開深藏在皮肉裡那發膿潰爛的傷口，可以慢慢地卸下深埋在表層底下那偽裝的表情，可以緩緩地鬆開被緊捆在深處那覆滿悲傷的自己。
不再需要顧及別人的目光和感受，不再需要成為更好的人，不再需要為難自己了。
一個壞掉的自己。

「有時候只是不想壞掉的自己被人看見。」

於是很習慣把自己藏在這個槁木死灰的深潭裡。

那就讓我這樣吧。

讓我保護好自己的傷痛，在黑暗裡輕輕啜吸自己的傷處，讓我把最深最醜的自己埋起來。連同我所有的疼痛和悲傷，一起留在那個蕭條的地方，讓我崩斷世界和這個地方的連接，讓我掉落在這個崩頹的洞裡，讓我把此處苛毒地封閉起來。

我仍然非常地脆弱，我仍然無法面對自己皮開肉綻的傷口，我仍然討厭著壞掉了的自己，我仍然——

好不起來。

所以就讓我這樣吧。

讓我把腐爛的自己再藏得深一點吧，深到沒有人可以發現，深到可以抵抗所有來自世界的惡意，深到足以掩蓋我所有的醜惡，於是有一天假若有人願意留在我的生命裡，那個人會發現洞穴的入口，有一天會心疼我所有的鈍痛。

所以。

就先讓我這樣自生自滅吧。

在我有足夠的能力面對世界之前，讓我自生自滅吧。

1

有時候就是想要不斷地傷害自己，反覆地令自己疼痛、受虐，拚命地隔離自己與幸福，直到心痛到一定的程度，連流眼淚的力氣都沒有的程度，痛到再也流不出一滴眼淚，以及痛到任何的快樂也無法抵銷得了鋪天蓋地的悲傷。

2

「你走吧，其實我自己一個人也可以。」

用著瘖啞的語氣，彷彿是售票人員回絕入場觀眾般，用著一種嘲諷又自傲的口吻，趕走那些想要進場的人，甚至還會得意地觀賞人們失望的表情，如此萎靡。這是第幾次用一樣的話，一樣的語氣，一樣的刺，一樣的方式去趕走一個人，再也記不清楚了。也應該是第幾次得到一樣的反應、一樣的回答、一樣的態度、一樣的轉身，所

「你不會知道我對自己有多失望。」

以那個時候我說的惡性循環就大概是這個樣子。也在那個瞬間，預想好所有的情景，有了人物設定，有了對白，有了當下的情緒，也理應地有了那樣的結局。

只是忽然覺得感慨的是，我所說的話都變成了事實，好像都先有了徵兆，有了預設的未來，所以從來沒有覺得很意外。

縱使是這樣，在聽見那句螫人的回答：「好吧。」之後，心臟還是會忍不住隱隱地發痛。

妳說，人大概是這個樣子。到了某一定程度上的失望，就會轉身離開，就像是水太燙就會放開杯子的道理一樣，沒有誰可以等待誰那麼久，因為時間是殘忍的，而世界上所有的情感都抵不過時間的消磨，妳說。我說我知道的，所有的失望都是長期的累積，直到心裡的雪球越滾越大，直到滿布傷痕，就會離開得徹徹底底，我說我真的知道，我也試過那樣的感覺，對一個人失望到把那些想要對他說的話全部以「算了吧」來概括。

大概就是那樣，雖然我每一次都好想要相信他們所說的，不會對我失望，可是不是啊，就像妳所說的，怎麼可能不會失望，又怎麼可能會有人願意如此地等待一個人呢。只是為什麼相信時間。為什麼

總是說時間會把對的人留下來。為什麼呢。我想了想，也許是因為知道時間有多殘忍吧。我們都知道時間的強悍，所以才會更加相信，如果有什麼人留了下來，大概就再也不會走了吧。

3

她說，她愛得太瘋狂了。瘋狂到看不見原本的自己。我好難過好難過，我不斷地在想，我要憑藉什麼去再次相信那些愛情的美好啊。我遇過好多心碎、好多疼痛、好多悲傷、好多失去、好多崩壞的諾言，我好不容易學會與那些傷痕和好如初，好不容易不再執迷於那些錯過的片刻，好不容易一路跌跌撞撞、顛顛簸簸、營營汲汲地走到這裡，我經歷了好多你知道嗎，我受了好多的苦啊，也有好多的話埋在心裡的墳墓，沒有人來得及聽我訴說，我好不容易望著她和她愛的人那麼幸福，就像是我笑著看她走進美好的未來裡那樣，我好不容易走出那些陰霾，也好不容易不想再委屈自己了。她卻說，她愛得太瘋狂了。她這樣說的時候，我真的由衷地想起好遙遠的自己，那個時候，當我在夜裡哭得歇斯底里的時候，在我痛得輾轉不

眠的時候，在我覺得世界都要崩塌的時候，我曾經許諾過自己，我再也不要去愛誰了。
而那之後，我也的確沒有再愛上誰。
我在想，如果那個人能夠穿越那些我布置的荊棘叢林，如果那個人能在人潮擁擠的時候找到那個殘破不堪的我，如果那個人能抵得住那些我刻意留給他的傷害，那麼無論如何，那個時候，大概我就可以放下那些執念，再為了他勇敢一回。我那個時候許下的願，回首一看原來好幾年了，仍然沒有實現。

4

「你總是那麼要強，才會錯過那麼多的溫柔。」

5

「你走吧。」
總是這樣反反覆覆地刺傷對方，在聽見那些美得像是裹了糖霜一樣

的話之後，還是想要反覆地確認，確認那些話的真偽，確認時間的經過，確認愛情的期限。
於是這些「狼來了」的故事說了太多遍，就連小孩子也失去了聆聽故事的新鮮感，於是觀眾逐漸離席，慢慢地變成一個人的獨角戲，直到他轉身離去，說「好吧，我走，妳那麼想要我走的話，那麼我走。」
最終居然剩下我一個人佇立於舞臺的中央，茫然地望著自己寫好的臺本哭泣。
我以為他會留下來。
以為他會不捨。
以為他會難過。
以為他會被我傷得遍體鱗傷，像是他對我做的那樣。
以為他會不忍心失去我，像我不捨得失去他那樣。
以為被傷害的深度等於在乎的強度。
可是顯然，並沒有。

因為那些過往的傷痕在心裡割成一段一段的缺口，那些痛苦的失去

會掀開心臟的皮肉，於是每一次的疼痛就讓我們在心上再多栓上一把鎖，等到下一個人出現的時候，需要花更多的努力、更多的時間、更大的力氣，才可以走進心裡面，這就是我們，這就是愛情。所以，我總是對他說，你懂個屁。而的確，我們總是看見一個人的片面就會以為那是他的全部。

比如我的歇斯底里，他不知道那是因為我曾經失去了視之如命的人。

所以，我總是對他說，你懂個屁。

6

人們說，等到我們長大了就會開始學會釋懷，發現原來失去並沒什麼。我其實一直都好想反駁，我們會學會接受失去，但我們從來不會習慣失去，因為失去這回事，是無論經歷幾次，都還是會痛得喘不過氣來。

我也好想說，這些年來，我為了不再失去些什麼，終於失去了自己，你知道嗎。

當你見過瀲落的海市蜃樓，當你去過衰毀的滄海桑田，當你走過湍急的驚濤駭浪，當你遇過殆盡的頹垣敗瓦，當你曾在那裡深深地沉溺、墜落、糾纏、腐朽，當你終於看透了這些槁木死灰，也看開了所有萬花落盡，所有張狂的風景，所有讓你瘋狂的回憶，所有曾經使你作繭自縛的理由，都變成了稀稀落落的過往，你也終究有一天會無可避免地遺忘，你還是要帶著微笑走進那熙攘的人群中，你始終還是要和不同的人相遇和錯過。你經歷了那麼多切膚的疼痛，始終沒有什麼人願意逗留，於是終於在一切事過境遷以後，你習慣了一個人走。其實我們都是這樣的，因為經歷了很多，所以後來選擇收拾好回憶去流浪，你說你不怕相遇，你害怕的是失去。

7

有一陣子我以為自己開始睡得好，開始不再刻意記起那些事情了，我也開始以為沼澤漸漸不再濃稠，它被灌進了好多時間去稀釋它的黏度，我有一刻差點就忘記自己曾經是掉進去的人，後來卻在隔岸觀火，看著鏡子墮落。

於是在意識混濁的時候我想起了很多人和事，我想起了他，好久沒有出現在我腦子裡的他，我說不清楚自己為什麼會想起來，好多年過去了，我仍然沒辦法忘記我們那時堆積的遺憾，好像在那個時間裡必須要留有些什麼遺憾才能成就這些歲月。好像是在那個時候開始的，爆發的壓抑感，湧起洶洶的厭惡，他們說你啊是個在愛裡看大的孩子啊，好像從那個時候開始，當有了第一次的忍耐，就再也沒了訴說的資格了，於是就只能那樣下去，你以為事情會過去的，其實不會，它會在那裡，不慌不忙地侵蝕你，直到有一天你的心被蟲蛀爛，變得腐朽，你不再喜歡那樣的自己，因為從很久以前，你就失去了完整的可能，好多事情開始粉碎，就像是崩裂的冰山一角，到後來整個冰川的瓦解，其實不過是時間的問題。

我想了那麼多，想起了爸媽，想起了他們碎裂的一生，延伸出碎裂的我，我想起他們對我的笑，對我的好，我想起他們有時候嘆息自己老了，我想起他們抱著我痛哭的樣子，我想起我在他們面前永遠都是冷漠的表情，像個置身事外的人，我想起了這些，想起了家這個字，我想到這裡，忽然間覺得什麼都好脆弱，我曾經說過我再也不為他們掉半滴眼淚，最後也當然沒有人發現我說的是個謊言，因

為沒有人在意了。

我想起了她們，一個一個曾經在我生活中是我視之如命的人啊，我看著她們一個個離開，奔向不同的地方，我有時候看著她們都會誤以為我們要去的地方是一樣的，可是我望著她們的背影，望著她們邁開腳步，我望著連結我們之間的線越扯越遠，我望著她們逐漸走出我的世界，那個時候我也終於明白，我們生來都是孤獨的人，誰都沒資格去埋怨誰的離去，因為相遇已經是最好的情節，只是後來最好的過去了，我們不得已告別，所以我還是會感謝，因為至少她們也陪伴著我走了一段很長的路。只是後來我們都離開那些我們視之如命的曾經。

我跟自己說，往前走吧，因為走不回去了。

後來我想起你們總是說我有一道牆，誰也進不去，你們說我太遠了，即使一起走了那麼久，仍然離得太遠了，所以沒有一個人能看見那些散落的心事，我知道你們說的話，我跟你們說我就是這個樣子，因為是這樣子所以在很久以前我就預演了離別，我知道提早失望總比突然失望來得好，我不再和誰訴說未來與夢想，因為那些都太遙遠了，連我都不再相信那些期盼會成真。我說我早就準備好所

有的孤獨，等離別來到的時候獨自上路。那是一個荒島，一個沒有快樂也沒有花朵的地方，沒有四季也沒有你。
最後我想起了你，想起你說的話，好多好多，一度讓我認為世界開始慢慢地變得美好，傷痕在漸漸地褪去，我不再滿身是刺，我立意要當個溫柔的人，我不再唾棄這個世界，我開始憧憬愛情，它不再是世界給我的那副骯髒而殘酷的模樣，我有了好多美好的想像，我以為只要想像一些美好的事情，那些惡劣的事就會消失，我以為只要看著前方就不會被回憶拖累。也許是我還不夠強大，沒辦法像我想像中的那樣強大，我曾經那麼努力去做一個我嚮往的人，終究還是一有縫隙，所有努力就崩塌成堆。我想你不會知道我對自己有多失望，就像是我從未真正地看得起自己，從未相信所有幸福都值得降臨在我身上。
太矯情了，矯情得有時候連我都對自己不屑一顧。世界仍然是那個樣子沒有變，只是我還在停滯不前。我還留在舊的軀殼裡面，我還不想去面對這個明亮世界，我還沒辦法好好地睡一覺。我還是覺得一切他媽糟透了，儘管沒有人感同身受。你們說的，我其實都知道的，別再叫我不要悲傷了，說得好像悲不悲傷我自己可以決定那樣，

我已經不這麼難過了，因為我懂得難過還是要過，那就叫做生活。

8

我想你不會知道我對自己有多失望。
許多時候，我都這樣子委棄了自己，直到失去身邊的人，才會幸災樂禍地對自己說一聲：「看吧，妳活該。」
或許真的是活該，才會終究還是一個人。
你知不知道惡性循環是永遠不會找到突破的出口的。因為無論是往前走，還是往回走，結局都是回到原點。像是那些失去一樣。

9

或許是從來沒有訴說，所以你才不懂吧。可是正是因為你不懂，所以我不想說了。那個時候我總是這樣子想，我想把我的所有心事說給那個會懂我的人聽，所以我總是說「算了」，因為發現原來那個人不懂。然而啊，有些事，當不是你親自用心去懂得，而是透過我

說了才懂，就再也沒有意義了。

就像是，其實我相信你，而你不懂，我就再也不想和你說那一句，其實我真的相信你會愛我很久。

也就像是，其實我偶爾很想你，可是你不懂，我就不想要訴說那些柔柔軟軟的心事了。所以我想吧，我們都不怎麼說出口的原因，大概都覺得對方不會懂得吧，而因為對方不懂，所以連想要說服的衝動也都沒有了，因為好多事啊，我們說不出口的啊。

還有一件事，其實我挺喜歡你的，如果你沒有走的話。

只是你沒懂得，我的逞強和偽裝。

10

如果我們都可以學會不要用傷害對方來尋找溫暖就好了。

1

天下起雨了。

灰濛的天色暗下來，撲天地大的天空籠罩著整個模糊的世界，每一下的雨滴都擲地有聲，轟然扯開了世界上所有其他的聲響，只剩下雨水濺落的聲音，像是眼淚掉落在心頭上，那麼重，那麼重。

周遭蔓延開來的溼氣，昏暗的大地像是世界末日，逃不開的天昏地暗，像是把整個城都拉到沼澤的底端，而人們在其中，蠕蠕而行，浸滿了悲傷。

我在等一把傘，或是在等那個給我送傘的人。

2

會有這樣的時刻，沒由來地想要去一個地方。

有一次在下班之後，我和好朋友說，我想要去書店逛逛。可是那時

「有些情緒是經不起等待的。」

已經很晚，能想到附近所有的書店都幾乎要關了，我覺得非常地氣餒。其實也不是說有多想去看書，只是在那一刻，極度渴望一件事情的發生，那已經跟那件事情的本身沒有任何關係，那是心裡的一種渴望，渴望某一些情緒或是情感得到滿足，而當時那一刻，我極度地想聞到書的味道，想要被書包圍。

然後朋友找了好久，終於找到一家深夜書店，我們騎著腳踏車，去的過程中我前所未有的愉悅，有種得到安慰的感覺。

其實也不是多開心，也沒有一定要去的理由，明天也可以，不是非得今天一定要去。但是明天去的話，我可能就得不到那麼大的滿足了。

因為想要的瞬間，跟需要的瞬間，剛好被填滿了。

3

於是我又割破了回憶這塊保鮮膜的封口了。

我想我永遠會記得盛夏的那一天，七月的陽光犀利地照在大地上，還會反射出刺眼的光芒，熱氣飛騰的下午，我們約好了一起看電影。

應該是非常美好的事啊，可以想像得到，十五歲的少男少女，牽著手的畫面都已經足夠溫暖整段荒涼的歲月，足夠在日後的餘生裡想起來會心一笑，足夠讓人像是看一部心愛的電影般不斷地回放，回放當時所有細膩情節，回放一整段張狂的青春。

可是沒有，這個場景被我擱放在不敢打開的盒子裡，久久封塵在一個潮溼的地方，不忍撕開。如今想起當初在他門外等待了三個小時之後，接到他的電話，他喘著氣說：「我剛剛在打籃球，忘記了和妳約好去看電影，我現在馬上就來。」

該怎麼用文字去形容當時急切的心情呢。

應該要回答「好」還是「不好」呢。

好像再也沒有什麼辦法去拾回我丟失了的三個小時的時間，無論最後他有沒有來，我們有沒有去看電影，好像都再彌補不了那些我等待著他的時間了。

我和他說：「別來了，我回家了。」

可能是自尊心在作祟，不想承認自己的脆弱吧。

或是另一種更悲哀的想法──不想他為難吧，不想他為此而難過吧。

直到後來我才知道，原來他的媽媽看到我在等他，於是和他說我等

了他三個小時這件事，他哭著對我說對不起，為什麼不在當時就和他說這件事呢。
我回答他：「因為已經遲了，當時你來了，可我也不再想去看電影了。」

4

如果此時此刻，我說我很想你，你會不會不顧一切地來到我的身邊？

5

在很久之後，我才能這樣慢慢地梳理從前的自己。
無數個被悲傷酸蝕的夜晚裡，身體中的靈魂像是一點一點死去，慢慢地失去自己，慢慢地放棄求救，每天晚上在同一個黑洞裡打滾、翻騰，被吸乾生命裡所有的力量，漸漸地失去了光明，只剩下排山倒海的黑暗，無休止地在我的世界裡惡性循環。
那個時候，我寫了一封信給他：

我忽然想起，很多人都問我為什麼不喜歡S，卻還要選擇和他在一起呢？我想起你也曾經這麼問過我，可是我從來沒有說過原因。

你知道嗎，那是因為在去年一個天寒地凍的晚上，我同樣難過得差不多要死掉了，那一天晚上很冷，我凌晨十二點從自修室走出來，路上沒有幾個人，我看見那些橫飛四散的車子，我能想像自己躺在路中間流著鮮血的樣子，忽然不太明白生存的意義。

可是啊，當我在回去的路上看見他站在宿舍的門口，什麼話都沒有說就把我抱進懷裡，剛好是我非常想要誰出現的時刻，他就那麼活生生地站在我的面前，我到現在還記得那個擁抱有多熾熱，幾乎可以灼燙我的生命。

我跟自己說，其實愛與不愛也許沒那麼重要吧，至少他在我最需要的時候出現了，在那樣腐蝕我的夜晚，他義無反顧地出現了。

最近每一個難受得想要死去的夜晚裡，我都在想，如果你能夠出現就好了，哪怕就五分鐘，哪怕就只是出現，存在著，什麼都不用做，就夠了。後來我想了想，好像我最需要你的時候你都不在這裡。

或許我知道你根本不會來吧。
你討厭在很冷的時候出門，可我偏偏總是在最冷的時候想要你來。

寫信的時候我哭了一整個晚上，自己流淚，又自己擦乾。
那個時候我覺得自己像個傻瓜一樣，在深海裡總是等著被救，等著等著，我就學會了自己救自己，後來他來了，可是我不需要了。

6

突然發現，那個你不懂的我，後來再也不需要你懂了。
對吧。

7

常常有這樣的一瞬間，突然間非常想要吃些什麼，或是非常想要去一個地方，如果沒有如願，當下的失望將會是平常的好幾倍，而當那個熱情的當下燃燒完過後，就再也不會重拾當時的心情了。

就像是非常渴望想要見到一個人，想要迫不及待地跟他說說話，分享自己的喜悅或是委屈，想要將此時此刻的所有心情都傾訴於他，或許當時他正在忙吧，沒有聽到電話，沒辦法出現在你的面前，但當事後，他重新找回你的時候，你會發現，你心底裡的激動和情感都被慢慢地磨滅殆盡了，於是你只會回覆一句：「已經沒事了。」「已經不重要了。」「已經過去了。」

已經。

已經回不去那個當下了，親愛的。

8

直到有一天你不再找我。

直到有一天你找不到我。

直到有一天你會發現，我再也不需要你找回了。

9

後來我想，你錯過的東西，並不是當時的某些事件，某個時段的巴士，某一場飄零的雨，或是正在上演的熱賣電影，還是當紅明星的演唱會，你錯過的，其實是當時那個片刻的我，專屬於那個當下、那個場景、那個模樣的我。

你錯過了那時的我，所以再也找不回當時那一個瞬間的我了。

那一段時間就這樣混進了記憶的洪流裡面，我們再也沒有辦法倒轉回那一塊影帶，再也沒有辦法改寫一個更好的結局，再也沒辦法抓住如此急切地渴望你的我。

於是我們總是錯過，總是這樣犯著一些重覆的過錯。

就像是我的城市在瀝瀝淅淅地下著雨，你沒有來給我送傘，我終於在荒蕪又漫長的歲月裡等到這一場雨停止，於是後來你帶著雨傘過來我的面前，我卻再也不需要了。

太遲了，太遲了親愛的，所以我已經不再需要你給予的一切了，包括安慰，包括道歉，包括陪伴。

10

如果那個時候，你沒有來，那麼之後你就再也不用來了。

我曾經盼望過你來，凝視著每一個敞開的窗口，期望看見你的身影。我曾經在夜裡歇斯底里地等待，我曾經在疼痛不已的時候不斷地回頭望，也曾經站在回憶的路口捨不得離去。我曾經很脆弱，遇到問題就想要逃，也曾經碰上麻煩就想躲進某個溫暖灼熱的臂彎，我曾經傷心就劈哩啪啦地流淚，我曾經也很膽小很懦弱，一碰就碎得亂七八糟，我曾經無知又稚嫩，以為世界上美好的事很多，以為只要努力就會沒有遺憾，以為只要付出就不會失去，我也曾經相信世界有永恆，相信諾言是為了實現而存在。我從前不是你看見的那樣，不是那麼堅強，也不是那麼倔強，你以為我有滿腔的勇氣，你以為我無堅不摧，你以為我強大到屹立不搖，你只是沒有見過我柔軟的樣子，你沒見過我蹲在街邊哭得喘不過氣來的樣子，你沒見過我努力忍著眼淚走進人群的樣子。你沒見過我忍氣吞聲地微笑著的狼狽表情。你沒有見過那樣的我，所以你總是說我好堅強。

你不知道我多努力才能撐起這一副雲淡風輕的模樣。那個時候，我都對自己說啊，我怎麼敢倒下，我身後空無一人。後來我撐過了傷

「我熬過了最深的孤獨
也不再期待誰的幫助。」

痛和悲苦，我經歷了那些來自世界的壓迫和磨練，我不再脆弱不堪，也不再期待有誰會來替我擋下風和浪。終於慢慢地在年月裡學會替自己撐起一片天了。

總是獨自熬過所有難受與無奈，所以現在才不再會對誰滿懷期待。

比如，我們。

我們好像就這樣被裂在兩個斷層的區域，看著那些裂縫漸漸地深化，聽著碎裂的聲音不斷地蔓延開來，我們被斷援在兩個不同的區塊裡，好像再往哪裡走，都只會加深那些岌岌可危的脆土，我去不了你那邊，只能那麼急切地看著你，卻好像永遠都無法再像從前那樣並肩下去。

我想要和你走，可是我卻不斷地遠離你，或是看著你不斷地遠離我，我們開始朝反方向走第一步，好像就再也沒辦法回頭。

我看我那麼珍貴地捧在手心的玻璃球開始有了一條淺漏的裂痕，好像任何一顆細碎的沙石都足以讓它粉碎成灰，該怎麼辦，畢竟裂縫再怎麼修補都是裂縫，碎片再怎麼拼湊都只能是碎片，就像我們再也回不去從前。後來我們都知道回不去是因為，我們都不在那裡了。

春天到的時候，你別來了，我已經不在原地等你了。

「好像有些事情一旦有了裂痕
就不再有完整的可能。」

1

「我想一定沒有人知道你有多痛。」

2

逼仄的宿舍只剩下天花小窗傳來的走廊裡微弱的光，即使是微弱也能在黑暗裡萌芽出光亮，然而就是這個樣子，在黑暗裡的一點端倪，漸漸地在神經末梢被放大，僅僅是像被刀子輕劃了一個缺口，繼而傾瀉一地鮮紅的血，從亮紅而渾黑，濃稠稠的血凝結成塊。在腦袋裡爆開的是一幕幕混濁的場面，在皮下組織裡肆虐，神經線上均勻地跳動著，漸大漸小，漸遠漸近，卻實在地把那裡轟然爆動。到最後是一閃一閃灰暗的光，彷彿走在一條頎長的走廊裡，不停地，不停地，追著那在出口末處纖小如針孔的光。
這樣微小的光開始遠離，一點一點地淡出生命，在腦海中印現出一

「後來你會漸漸明瞭世界上
沒有感同身受這回事。」

圈又一圈的幻影，之後再慢慢地消失，像是煙火湮沒在廣闊的天空裡，如此無聲無息，如此徹頭徹尾。然後是一片冥暗。然後是一片靜謐。然後是一片死寂。終於經歷一番跟自己的戰爭後睡了過去，而痛苦卻始終在夢裡延伸下去。

3

醒來的時候突然就想起了那個時候那麼、那麼、那麼痛不可當的自己。
「好想結束這一切，結束自己，結束所有有生命力的東西。」這是那年在韓國的某個夜晚，崩潰地哭著寫在日記裡面的話。
後來回想起來，也記不得當初那些日子是怎麼熬過來的，沒天沒夜的時間裡，痛苦模糊了白天和黑夜的界線，比起純淨的白和渾濁的黑，更是一抹深淺不一泥濘般的灰色，世界彷彿失去了所有鮮豔的光彩，並不能真的分得清楚什麼時候是醒著或是什麼時候睡著，時常在想，夢和現實是不是真的有所區分，如果有的話，為什麼夢那麼張狂，而現實像百火繚亂的荒原。

那個時候我寫著：像是有萬千條蟲子在腦細胞鑽動的感覺。像是激烈的心跳在太陽穴爆發的感覺。像是失去了與生俱來的生存的意志。

那是失眠的第幾個晚上了，我也忘了，甚至無法再去準確地數算了，或許也不需要數算了，因為數算是用於紀念獨特的東西，而那些荒廢的夜晚、灼熱的眼淚、久久不絕的悲傷，再也沒有要去數算的意義了。

這些呼吸、這些生命力頑強的心跳又有什麼用呢，所有、一切、全部又有什麼用呢。我那個時候想著，如果就這樣停止呼吸的話好像也不錯吧，至少在這些幽深絕望的夜裡面不用坐在床邊無法自拔地流眼淚了吧。昨晚又讓我想起了這些稠糊糊的記憶，無法呼吸，像是走到了世界的盡頭，於是往回看，忘了怎麼樣走出這些粉碎生命的記憶了。

放任自己淹埋在醜陋的、巨大的、滯重的土壤裡。

4

在那些我失眠無法入睡的時候，我經常想著要怎麼傷害自己，那是一段很黑暗的時期，至少對那個時候的我來說是毫無意義且行屍走肉的。活了二十年的歲月裡，失戀也沒有那樣辛苦過，爸媽離婚的時候也沒有那麼難過過，就算我自己一個人生活遇到多大的難題也沒有這樣絕望過。那是一個失眠第九天的深夜，我看著鏡子裡布滿血絲的雙眼，甚至已經澀到眼淚不斷地衝眶而出，我第一次，覺得可能死去也是一個不錯的選擇。不知道一個人到底有多痛才會選擇死，可是我當下的感受是，既然清醒著是一種那麼可怕的事，那為什麼還要活著。

當然很快我就意識到這個想法有多恐怖。

然後那個時候我的朋友發來的一條訊息意外地安慰了我：「我想一定沒人知道妳有多痛。」

止不住的眼淚從充塞紅絲的雙眸落下，不是因為難過而哭，而是生命活生生地解剖了當時如此脆弱的我。嗯，你們一定不懂，一定不

會懂，我有多痛，有多難過，有多絕望，你們怎麼會懂，怎麼會懂，怎麼懂得那一刻如此討厭生存著的自己的我。於是聽到朋友這樣的一句話，像是在黑暗裡僅存的被照亮的塵埃。

5

生活是一次巨大的失眠。唯有沉睡能解放崩裂的靈魂。

6

對啊。
你不是我，怎麼知道我走過的路，以及受過的苦。
已經不再相信感同身受這些話了。
我們每個人在歲月裡都有不同的樣子，走在一些此起彼落的路裡，受過一些不一樣的傷，傷口的大小和深淺都不一，血流滾落的速度並不相同，眼淚的鹹度和燙度都不一，身體感受的痛感快慢都相異，日子崩頹的角度不一樣，被世界溶解的模樣都不盡相同，所以

你不是我，你怎麼知道我的痛。
怎麼知道我為了面對那些巨大的悲傷花了多少力氣。
怎麼知道那些睡不著的夜晚裡我如何歇斯底里地流浪。
怎麼知道我有多努力才能那麼雲淡風輕地站在人們的面前。
你怎麼知道，我的悲傷來自何方。

後來我再也不相信那些感同身受的話了。畢竟世界上沒有一種悲傷是雷同的。

7

生命一定會有那些你忍不住想要逃離出生命的時刻。一定有的，那個時候大概像是在海洋裡最深處最深處的地方吧，無處可逃、無處不在的水，像是溺水一樣，總是想要抓住些什麼，然而你會發現你甚至連伸出手的力量也沒有，你在那個無人的海域裡，只能任由自己掉落進比海更深的地方去。
一定會有的，這樣的日子，發了霉一樣壞掉了的日子。可是沒關

係，那就暫時離開這個世界啊，離開固有的東西，離開這些頹圮，離開傷裂的自己，如同死者般地躺著。

如果僅僅活著都會那麼痛苦，那為什麼會沒有理由，我們為什麼總在痛苦的時候問為什麼，卻不會在快樂的時候問為什麼，為什麼呢，其實一切都會有理由的。如果黑暗有理由，那麼光明也會有理由的。總有一天都會有答案的吧，只是要花多長的時候才可以找到答案，我們從來不知道。

8

曾經多麼想要別人可以理解我，可是最後卻發現或許我們真正想要的是別人的理解不了。

怎麼說呢，誰又能親身的體會到誰的痛苦和絕望，我的痛對你而言不過皮毛，而你的痛對我而言也只是塵埃。一種痛的重量只會在自己身上凝聚，就算過了多悠長的時間，也不會有人懂得，當時的你如此疾厲銳痛過。

就像是我們從來也不懂，一顆流星的墜落，也並非它願意。

9

你不懂我，我不怪你。

我想我也不太明白你的痛是什麼，正如你也不知道我有多痛，所以我已經不再想要誰的懂得了，只要慢慢地去明白──

我們都是不一樣的人，有著不盡相同的傷痕。

從此身體裡面有一部分再也不受自己的管制，它不屬於我了，它變成了你的，隨時隨地都有讓我疼痛的能力，彷彿我越執著，越是掙扎，越是陷得深，就越快掉進這個洞裡，你一點一點吞噬我身體和意志，明明是自己的心，可是它總是不受制於我，怎麼會呢，怎麼會呢，你踏進了那個危險的區域，走的時候，就連同我喜歡你的部分一併帶走。那個時候我不知道，好像有了在乎的東西就得先做好失去它的準備。也許是我從來沒有想過會失去你，所以才在這個時候看起來那麼狼狽。也許是我曾經那麼相信，所以才會如此之痛吧。

「好像有了在乎的東西
就得先做好失去它的準備。」

◖

吶，其實也不是非得和誰在一起呢。

她想著可能人都是這樣的吧。無論在什麼惡劣的環境下都可以適應生存，然後長久地、孤獨地、倔強地活在地球上，以幾億年的量詞去衡量著痛楚，那些被割破了又癒合，癒合了又被割破，不斷被翻新、被烙印、被反覆清晰著的傷痕。只是可能都不會好了。可能再也不會好了，一輩子只能不斷累增的痛感。

——《離岸》

其實人啊，有一種最基本的動物本能。無論在什麼惡劣的環境下都會拚命地找到適合自己生存的方式的。起初會很痛很痛，到後來就會漸漸地與痛感取得平衡，身體漸漸地適應那樣的痛度，慢慢地、慢慢地可以不痛不癢，然後活下去。所以你其實也不是非得要和誰在一起的，只是這場陪伴太過長久了，長久到你甚至忘了，其實本來我們都是孤獨的，本來就沒有誰一定要留在你的身邊，本來就沒

「就像不是所有的人
都適合與人結伴同行。」

有什麼理所當然的陪伴。你要乖，你要習慣失去，你要懂得，即使你的失去，誰的離去，你從來都不能怪責誰。就像有些人註定被愛，有些人註定被傷害。

也許真的不是每個人都適合與人結伴同行，也不是每個人都適合愛這個字。

我們都是孤獨的人啊。吶，對吧。

◖

曾經無知地認為愛裡只有一些美好的模樣，像是慢動作地放大幸福時的表情，那眼角的皺摺似的，應該是滿足的、快樂的、喜悅的、悸動的，如同夢想中那個有海有天空有花朵的草原，一切都太美好了，美好得甚至有時候不敢伸手去觸碰它，因為太美好了，還經常地詢問自己：

——這樣是可以的嗎？

——那麼幸福是可以的嗎？

——我真的那麼值得嗎？

直到那片草原被狂風吹毀，豪雨怒打，那些燦然的花兒一夜之間被連根拔起，海洋捲起如此滔滔大浪，大地開始龜裂，裂成斑駁不堪的樣子，天空不再湛藍，被陰暗毅然奪去，愛是如此橫掃一過，摧城掠地，絲毫不剩。

我離散在迸裂的龜土裡，前無去路，彷彿被困在那些碎了的版塊裡面，泥足深陷，陷得很深所以無法自拔，無非是太愛了，如此困境

「愛和痛苦很多時候都是等量的。」

怎麼說逃就可以輕易地逃離。

我才知道愛裡不只是美好的東西，可能更多的，是猜疑、不安、背叛、失落、辜負、錯過、委屈、離別、謊言、誤會、失望、不甘，這些在生命中不斷重複地上演著。

彷彿是擱在天秤的兩側，在一邊放了多少的愛下去，另一邊就會產出多少的痛苦，這樣才會保持著平衡，以致這一切不會崩塌。

有時候我不禁在想，是不是只要去愛，就一定得要承受相對的痛。

是不是太愛，有一天失去的時候就會轉換成太恨？

是不是花了多長的時候去愛，就得花多長的時間去釋懷？

原來愛裡頭，痛苦始終占據著一個很深刻的位置。

你總是那個樣子，
喜歡一首歌就整天單曲循環，
喜歡一本書就熬夜閱讀，
喜歡一個人深深沉溺，
你甘願掉進那些深淵裡面，
你甘願為了愛的東西自焚，
你甘願為了這些沒了自己，
你總是太愛，
太奮不顧身，
太不懂得抽離。

「你總是做什麼事都陷得太深太深。」

「曾經我們窮極一生說過
一輩子只愛一個人。」

◖

我曾經拚了命地想要走向你。

我曾經以為只要努力就可以去到你的身邊，只要努力就可以走在你的身旁，只要非常努力就可以與你並肩同行。

我想要一直守護著你，給你最溫暖又最卑微的陪伴。那個時候的我什麼都沒有，我看著那樣會發光的你，我多麼想要能夠堂堂正正地走在你的身旁。我和你隔了千山萬水，我怕我會錯過你，我知道用走的一定追不上你，所以我拚了命地跑啊跑，踩過滿布荊棘的路徑，走過叢林蔓藤的荒亂，經過寸草不生的荒蕪，遇過杳無生息的沼澤，我傷痕累累地望著你的背影，一刻不停地上路，那個時候，我一直都以為，只要努力就可以追得上你，只要足夠深情就能走到你的身邊。

於是在無數個夜裡我獨自撐過臨近崩潰的時刻，我熬過最煎熬痛苦的綿綿思念，我走過萬籟俱寂的荊棘叢林，忍受世界給予的冷嘲熱諷，在四下無人之境蹣跚而行，其實不過是想要變得更加強大，強大到有一天我可以替你遮風擋雨，強大到不怕世界給予的傷害，強

「只可惜你我之間人來人往。」

大到可以為你撐起一片天。
我花了那麼多的力氣終於變得更加強大，終於學會堅強不屈，終於無堅不摧，積攢了荏苒歲月的溫柔想要深擁你。「你等等我啊。」我不斷地在你身後嘶吼。
可是你離我太遠了，太遠了，遠到你根本沒辦法可以聽見我撕心裂肺的吶喊，你聽不到我的急切，你看不到我的心碎，你不知道我的疼痛，你不知道我花光了所有的力氣只為了走到你的身邊，我所有的努力只為了給你一個更美好的自己，我望著你離去啊，我就要失去你了，我正在高空中狠狠地墜落，我終於看見你的離去的背影漸漸縮小，終於在那些光影的切換之中消失在我的眼角，我終於看著你消失在我的世界裡面。我終於到了那時你站的遠方，可是我忘了我在走的同時你也在走，我們用對等的速度往未來前行，我以為你在那裡，我去到了那裡，你卻到了更遙遠的地方。

只可惜時間自始恆久運轉。只可惜你我之間人來人往。
只可惜這些你都不需要了。

我還是記得那個時候啊，我希望你能等等我，於是我跑了好長的一段路回到原來的地方，結果你卻走了，走了好遠好遠，你沒有等我，你也不願意等我，你已經不再是當時的模樣，而我再也沒有力氣把你找回來了，再也回不來了。後來我才懂得，在路上所遺落的一切，是撿不回來的。我一個人走了那麼遠的路，我朝著你前進，可是我追不上你，你的腳步太快了，於是我們漸行漸遠，於是我終於失去了你，後來我在想那不如我就走回去吧。可是因為望著你的背影過於專注，我忘了回去的路，然而我懂得，我自己也走不回去，我迷失在那個介於你和自己的世界縫隙裡，我在那個塞外游離，卻也沒有一個人在乎了。

你是我到不了的遠方。你也是我這輩子忘不了的傷。

於是人們總是說，擁有的最後是失去的開始。這條路走了那麼久，從新的到舊的，從陌生到熟悉，從牽手到分手，從相遇到錯過，從完整到破碎，從兩人的臭味相投到迫不得已的分道揚鑣，從曾經的相逢恨晚到結束時的不如不見，我們走了那麼久，終於走到這一步，我以為小心翼翼，就能夠把這條路延長，這樣一直走下去，可是怎麼會呢，時間就這樣把我們劃開，我們漸行漸遠，終於在分岔的路口迷失了彼此，走碎了這一條屬於我們的路。我寧願這樣子想的，可能所有的事情都有它的開始和它的結束，像火的蔓燒終會有它消停下來的一天，像雨總會停下來，像天不可能永遠亮著，像煙火會有它墜落於天空的瞬間，像季節會更迭，於是我們這樣走失了，只是我沒想到的，這是來得那麼兇、那麼急、那麼迫不及待，終於我還是失去了你。
活到最後，漸漸地發現所有的東西都好像有了一種期限。

「有時候，我寧願相信
一切都有它的盡頭。」

◖

我們都要提早準備好告別，準備好失去，有時候世界是這樣子的，在時間的更迭裡，誰都沒辦法阻止誰的離開也沒辦法拒絕誰的到來。那麼也許我能做的就是提早預想好當時的情景，你走的時候我會好好地和你說再見，假如有一天是我離開的話，我會用盡全力不讓自己回頭。我想我們都總有一天會和一些人說再見告別，或許是告別愛的人、愛自己的人，告別某些地方，某個場景，或是告別自己，告別世界。有時候也許一個措手不及就在路上丟失了誰，所以學會對失去釋懷，就可能不會在丟失的時候顯得那麼疼痛吧。

「人活著就要隨時準備好說再見。」

◖

1

有一些人，在你巨大又浩瀚的旅程上悄悄地走進了你的生命裡，誰也說不準，沒有任何的端倪和預告，在恰好的時光裡掉落，在恰好的路口經過，在茫茫人海裡相遇。他們會陪你走一段或長或短、或快或慢的路途，在彼此的故事裡留下足跡，刻意地留下一些記憶的印記，好讓你在餘生的韶華裡，回憶、懷念和遺忘。就像他們沒有預警地和你相遇那樣，他們會陡然地晃出你的世界，他們有屬於他們自己的旅程，他們也要趕著去生活，趕著去走一條更好的路，所以你們必須就這樣分離，在分岔的路口帶淚告別，分道揚鑣，重回到沒有他們的人生，你們就此錯過，以歲月為鑑，以記憶為憑。

2

你走了，我的時間仍然頓止在和你交錯的那些時間裡面。

「念舊的人像個拾荒者。」

三月星火，剛好是春暖花開的季節，你在遠方緩緩地靠近，像是冬日的陽光從雲朵篩漏下來，灑了一地溫柔的色調，溫暖極了，那時剛好微風不噪，我聽見你悄悄喊了我的名字。不知道為什麼，每一次覺得難過的時候，我都會想起那畫面，那樣帥氣的你，那樣溫柔地說喜歡我的神情，像是得到了全世界一樣。

那是你來到我世界的那一天。

沒有多也沒有少，在剛剛好的時間裡交錯在彼此的生命裡，環環相疊，沒有多餘的擦身而過，恰好是你和我，然後相遇。

這樣普通的場景卻在我的筆下被寫過數十遍，太溫暖了，溫暖到後來每一個難過失落的片刻，想起那天你朝我走來的樣子，我都會鬆一口氣，像是有你在我背後輕輕地撫摸著，像是有你在身邊陪我渡過那些悲傷那樣，如此鏗鏘有力，如此擲地有聲。

記得有一次，下了好大的雨，你從綿綿密密的雨林裡走來，手中帶著另一把雨傘，肩膀卻被迎面的風淋溼了一大半，狼狽地朝我走過來，急促地喊著我的名字，當你站在我的面前時，你的頭髮還滴著雨水，你說：「我怕妳沒有帶傘，所以就趕著過來了。」我當時感

動得說不出話來，並沒有把背包中的雨傘拿出來用。

最記得愛運動的你從來都不喜歡看書，卻總是願意為了我，每一天都陪我去圖書館的自修室，在我期中考快要崩潰的每個夜晚裡，在我念書念到頭昏腦脹無法思考的時候，我回過頭來都能看到你凝視我的溫柔目光，你會悄悄地把外套披在我的身上，你會輕輕說：「我能做的就是陪陪妳。」總是願意虛度一些光陰在我身上。

還有一次，我要回家一個禮拜，走之前你陪我到附近散步，後來走到宿舍門口的時候，你緊緊地抱著我，很久很久都沒有離開，我被你抱著喘不過氣來，你說：「我要把七天的份先用完。」然後一聲不哼地抱著，直到最後，你把一張紙條塞在我的口袋裡，然後走了。那裡寫著：「希望妳會像我想妳一樣想著我，希望妳會像我愛妳一樣愛著我。」

雖然後來他不知道，換成現在，那是我最想要和他說的話。

3

其實也並非要去懷念些什麼。我一直這樣告訴自己。

後來的日子一天一天地過去，而我好像除了紀念，再也不能做些什麼了，也再也無法擁有得更多，除了回憶以外的美好。可是怎麼辦，我好像再也沒辦法找到你那個深情的模樣了。我找遍了全世界任何一個角落都沒辦法找到那樣的你，所以我走了好遠好遠的路，走進了回憶裡面，等著誰的施捨，像個拾荒者一樣，撿破爛的樣子極其寒酸，難過卻又如此難捨。

4

我永遠都記得你說的那句：「只是有時候回不到從前。」

後來寫過好幾封信給你，訴說著我的不安、失望還有難過，把那些曾經的林林總總全部寫進信裡面，想要送到你的心裡，試著喚醒一些你心裡的記憶，那些我們一起經歷的過往，濃稠的回憶，還有一些錯落的碎片。

然而你說：「只是有時候回不到從前。」

原來，真的是那樣，再多的明天，都無法拼湊從前。
對，你說得對，原來我們再也回不到曾經的那些時刻，原來我們能做的就只有這樣痛心地懷念，原來我們都長大了，都在歲月裡變了個模樣，一轉身，我們誰都不是當初的樣子了。

5

如果寬闊的天空會漸黑，如果綿密的雲朵會消散，如果翻騰的海浪會緩退，如果妍婉的花兒會衰敗，如果蔥綠的樹葉會掉落，如果流風回雪的春天會老去，如果生命的意義在於不斷地流動變幻，一刻不停地順著時間延伸。那麼有什麼是不會被磨礪的呢。
那是蟬兒低鳴的夏季，他牽著她的手的時候那麼雲淡風輕地低喃著，像是在訴說著什麼無關痛癢的事情，他說：「我好像沒有那麼喜歡妳了。」
她曾經盼望的愛情其實很簡單，不用多豐富的生活也沒有多大的理

想，就只要能凝望著他，這樣什麼也不做地看著他，他同時也會看著自己，然後兩隻小手拉著，那一條路一直走下去。她聽著他說話，那一刻，她對愛這個字好失望啊。忽然覺得，不愛了都不是最傷人的話，說什麼恨也都不那麼讓人心碎了，原來最讓人悲傷的是，你看著一段感情的轉變，你望著你們從無到有，然後從有逐漸走到陌生，你看著那些感情從指縫中像是細沙那樣漏失，你抓不回來了，你抓不回來了，那些曾經滾熱又深刻的心跳，你也抓不回來了，那個屬於自己的他。所有的事情都變得習焉不察，都將成為回憶，而你那麼悲傷、那麼疼痛的原因是，自己竟然無能為力。

後來，她才發現，原來她能做的唯一一件事是，念舊。

6

你獨自在那兒難過些什麼啊。你那些風不可繫的情緒他壓根什麼都不知道啊。都是捕風，都是捉影。你獨自在那裡自轉著，卻總是忘了原來平行的直線是永遠不會有交集的一天。你經歷了所有的春夏秋冬，於是春來秋去，那裡滿滿都是他的影子，他肆意出入你的世

界，甚至像是粗砥的碎石偶爾還會割傷你的手，那是他給你的寒霧薄生，是他給你的鏽痕斑斑，是他給你的紛繁錯擁。遲遲不落的季節裡，他的世界卻從未擁有一丁點你的身影。所以啊，他壓根還是什麼都不知道。

你有多愛他，你有多想他，你有多難受，他根本什麼都不知道啊傻瓜。你一個人演完所有劇本可是主角如他卻從未出席。

想念，原來是一個人的兵荒馬亂。

7

最讓人心疼的，永遠都是最初的美好，以及最後的荒謬。

8

也並不是非要去懷念些什麼。

只是偶爾回望那些渺渺的歲月，會仍然疼惜那麼愛你的自己。

十二月下旬的夜晚，暈黃的街道把我們的影子映得很長很長，夜很深了，人潮稀少得很，甚至連我們緩緩行走的腳步都隱隱回聲，我靜悄悄地和你並肩走著，曾經以為這條路長得遙遙無期，真的，以為我們會把它越走越長，然而那一條路的出口處，漸漸隱沒了我們的身影，你不緊不慢地說了聲：「再見。」我沒想到，原來你這句話的意思是，再也不見。

那是我們最後一次並肩，最後一次挽著你的手，最後一次你屬於我的日子。

我們終於走失了，在漫無邊際的時間裡。

只是我至今仍然記得你說再見時那溫柔的表情，就像是當日說喜歡我時，那五月微風般的笑容，溫柔得如此殘忍，殘忍得如此溫柔。你站在這條路的出口，終於還是捨得離我而去。起初我甚至不敢去看你離開的背影，我以為、我以為你至少會躊躇猶豫，停下來看著我這副狼狽受傷的神情，我終於還是忍不住抬起頭來，我站在原地盼望著未來，或是盼望你來，可是你卻好像永遠都不會再

在。我看著你的背影終於在我的眼前漸行漸遠，直到背光的出入口處，縮成針頭一樣大小的黑點，終於讓我完全看不見，終於在所有光和影的切換之中，我親眼目睹你走出了我的世界。終於，終——於——你用了一個決絕的背影來打碎了所有的盼望和期待，你和他們都一樣，背影都長得一模一樣，沒有情緒也沒有不捨，多麼暗無聲息，多麼靜謐如夜，多麼決絕如鋒利的刃。後來我終於明白，原來要離開的人，是不會在乎有沒有人挽留了，因為真正要走的人，不會停佇也不會回頭看，他們會選擇在最風和日麗的日子，一旦要離開就已經做好了一輩子不再回來的打算。至少你是如此。至少我是如此。

9

失去他之後的那一年，整個世界都在瘋狂討論著《那些年》那部電影，還記得當初第一次一個人去看一部電影，然後淚流滿臉。

我記得那首主題曲的歌詞寫到：

那些年錯過的大雨
那些年錯過的愛情
好想擁抱你　擁抱錯過的勇氣
曾經想征服全世界
到最後回首才發現
這世界滴滴點點全部都是你

最終的場景就停留在高中畢業謝師宴上和你最後的合照上。
你說：「妳要好好的。」
我說：「你也是。」
用盡全身的力量撐起一個從容的笑容，和你道別，我知道，真的不會再見了。
原來回頭才發現，我的青春都是你，滿滿是你的身影，不辨朝夕頻密地出現在我往後的人生裡。
我愛了你三年，但那段記憶卻比一生還長。

10

原來，我喜歡你，已經是那麼久那麼久的事了。

只是重新翻開記憶的時候，我還是會被那些關於你的一切所割傷，劃破幾個傷口，在那些傷口的深處，還有著歲月裡輾轉破爛的痕跡，不知道這次需要花多少的時間去痊癒那些傷口，有新的也有舊的，深深淺淺，卻從未褪去，所有你的蹤影。

原來我們始終沒辦法割捨的，不是失去了的他，而是那個如此奮不顧身的自己。

因為不會再有了，這樣的義無反顧，再也不會有了，你知道嗎。

那些回憶，回頭就覺得美得再也回不去了。

11

原來，這些年來，我一直放不下的，不是你，是那個如此義無反顧的自己。

走過那個轉角的時候，會想起你低頭吻我那個羞澀又言不由衷的表情，於是每一次你送我回家的時候，你都會跟我吻別，你說那裡是我們的秘密基地。

還有那一個公園，每當我不開心的時候想要躲起來，你都會去那裡陪我度過那些深沉的夜晚。

還有我愛吃的小吃店，每次一坐下你就會幫我點好我想吃的東西，我坐在你的身邊就像是貪吃又快樂的小孩子。

還有習慣性地聽你說早安，覺得一天的早安就是從你開始，又習慣地聽你說晚安，好像聽到了就可以安心地睡去。

還有那條我們騎腳踏車一定會經過的河堤，那裡有你清澈的笑聲和我彎彎的笑眼。

還有你送我的鞋子，以及那些已經寄出或是尚未寄出的信件。

還有好多好多，日常生活裡滿滿都是你的身影，像是森林裡滿布的香樟樹，那是小鹿全部的世界，漫山遍野。

你可能不知道吧，你曾經就是我全部的生活啊。

「我卻始終活在有你的時間裡。」

從此所有的生活裡都有你的影子，和你走過的每個地方、你做過的事、你說過的話，都再也揮之不去，像是巨大的齒輪從生命中狠狠地輾過，留下一條太深太深的痕跡，這條痕跡硬生生地剝開我的心臟，一點一滴地腐蝕著它，無論榮枯迭替，或是花開花落，以後恆定的時間裡，任誰來填補也再也滲不滿那些縫隙。
我想回憶真的是太犀利、太尖銳、也太深刻了吧，所以在你離開了以後，才會感到那麼的空洞，而我無能為力，無能為力把回憶磨成碎片，也無能為力將你從心裡丟棄。

於是我不斷地在時間裡經歷著我們的回憶。一個人堅持著從前兩個人一起許的諾言，一個人走曾經並肩牽手走過的路，一個人聽屬於我們兩個的歌曲，一個人把彼此並同的記憶存放好。
仍然能夠感受到你的聲音在耳邊，擲地有聲，久久不絕。
仍然能夠感受到你溫暖的雙手，如此小心翼翼，如此輕柔款款。
仍然能夠感受到你深擁我時的那灼燙的溫度，無可比擬。
一天一天，我不斷地問自己，要多久才可以再一次填滿那些沒有你

的縫隙，還有關於你所有的回憶。

你始終活在我的生命裡，從不褪色，如此鮮明。

生活中其實總是充滿著那些悲傷的隱喻，遺憾的事情太多太多了，很多時候已經分不清楚是因為失去得太多而感到痛苦，還是因為想要的太多而感到失落，已經分不清楚哪一些事讓我更悲傷，更讓我難過，更讓我痛心，可是後來我回頭一看，許多的遺憾最後都只化作一個字，你。

「於是所有的遺憾
都溶解成一個字，你。」

◖

1

所有的記憶都是過去。過去之所以叫做回憶就是那些回不去的記憶。
僅僅只是過去了卻再也回不去的那些讓人眷戀的記憶。

2

就當作一個虛構的故事，不然我沒辦法寫下去。
是一個下著微微碎碎的雨的夜晚。關掉了所有網路，戴上耳機一個人走在寒冷又幽暗的臺北街道上。一月中旬，所有的事情都顯得寥落沉緩。冬天像一隻緩慢進入冬眠的野獸，把這個世界拖得很慢很慢。頭頂總是飄著浮腫的雲塊，它們凝結在天邊，厚厚的一坨，山巒、海潮都靜然睡去。冷風四方八面地襲來，隨著縫隙進入身體裡。手心像是揉進了一大塊冰，而它捨不得融化。我站在那裡，不敢往前走，卻不想往回看。那時你什麼都沒說，因為你什麼都沒

「我只是偶爾想起，
也只是不曾忘記。」

說，我的那些傷心和難過就變得如此微不足道。我以為的是，如果一個人足夠在乎，就不會不聞不問。對啊怎麼可能不聞不問，對於那麼在乎的人。我在日記上寫著，說點什麼啊，什麼都好，讓我知道我其實很重要。可是你真的捨得什麼都不說，讓沉默去分隔我們。也許其實我們都是那個樣子，總是等待著對方先開口，總是在無數個日子裡獨自期待對方主動，總是以為自己的等待會讓對方著急，總是想用這樣的方式去衡量自己的重要性，也總是失望，總是得不到自己想要的答案。那個時候，人們說，先說出口的都是比較在乎的那一方。我默默地跟自己說，我其實一點都不在乎。其實我知道人們其實說錯了，那個一直不說的人才始終是最在乎的，因為那個人在等待著，默默地等待著。

於是，你不聞，我不問。

3

世界沒有所謂美好的記憶。當你會回想那些美好的記憶，也就是並不滿意現在處於現實狀態的自己，把眷戀寄託在過去裡面。而

往往回想起來感覺得到的是美好的心情嗎？是幸福嗎？是快樂嗎？更多的是難受吧，每一次回頭看著那些記憶，可能叫做回憶比較矯情，通常都會難過。為什麼自己不再是在那些的回憶之中？為什麼回憶會變成回憶？為什麼會越美好的回憶越是痛心地記起？為什麼，為什麼會記住痛比記住愛更加真實？十萬個為什麼，回憶不曾回答。

或許是因為，活在回憶裡的人，不再活在你的現實裡。

4

他說，我記得妳曾經是個很愛笑的女孩。
曾經。這該是好的回憶還是壞的回憶？

5

其實讓事情走向結局的永遠都與自尊心有關。終於你還是說了。然

後我們終於在這個世界裡走散了，在人潮擁擠的城市裡失聯，再也找不到彼此的身影，甚至連相愛的痕跡都變得模糊，終於走回了各自的區塊裡。

其實我們都知道這個世界大得像海一樣，不是每一條魚都游向同一個方向，而即便在浩瀚無垠的深海裡能幸運相遇，也未必能夠相約一同徜徉一生。

那個時候我最記得我和你說了三次：「我願意陪你走很苦的路也願意笑著送你走。」

你說：「有些路只能自己去走。」

我說好。我笑著目送你離開我的世界。

沒有任何怨言。我們彷彿有默契地說好了從此消失在彼此的世界裡，再也不見。像是失去彈性的線不再互相拉扯，它在我們漸行漸遠的途徑裡失去緥緊的屬性，輕易地因為距離的遙遠而斷裂。

我們都知道當火柴燒到最後只剩下灰，也知道有些愛走到盡頭就是結束。

所以我們都沒有說，也都沒有錯。

你選擇走，而我也沒有逗留。我們用各自的方式向未來前進，用各自

的頻率走進了不同的森林或大海裡，我們沒有回頭，於是我們錯過。
我沒有等待，我知道你不會來。

我只能對自己說，沒關係。
真的，沒關係。

6

其實回憶不可靠，但它最後會變成執著的經驗。像是知道那個地方有荊棘，這次去了下一次出海一定會避開那個地方。像是第一次知道薔薇是帶刺的，下一次就不再奮不顧身只為了見它在手中盛開。像是知道了火是熾熱的，它只能用來取暖，但不能永久擁有它。像是受了傷的位置，不再捨得讓它再次流血。
看吧，記憶還是有它的用處，疼痛的作用。用痛來抵換更痛的可能。
那就是回憶。

7

走在記憶的前端，偶爾回頭俯望，是座搖搖欲墜的海市蜃樓，於是你企圖想要回到那美好的迷霧之中，那只是你現實生活的反面的倒影，像是脆弱的沙塔，你站在它面前，想要伸手抓住它，然後它就崩塌了，散盡在那些時間的縫隙裡，無從拾獲的碎片。於是我早已經習慣了，你以當年那副溫柔又美好的模樣，頻頻繁繁地用回憶的名稱進入我現實的生活裡。很多年後，你的樣子仍然是最初那樣。很多年後，我卻已經不再是當時那樣。彷彿是一個咒語，把我們的樣子封印在回憶裡。

一直，一直，在那裡。

8

再次回到那個沒有你的自己。漸漸地也沒有再那麼執著，也不再那麼期待。有一段時間，你的臉總是浮現在我的腦海裡，難以輕易地將你擦去，我知道那叫做想念。揮之不去的感觸，走過每個街口或

是某個地方的某個位置，都會和那些曾經重疊在一起，讓我有那麼一瞬間誤以為可以回得去。可是怎麼回去呢。那只是片面的回憶，這些片面的回憶只存活在過去裡。這些回憶在腦裡不斷地被翻新，不斷地被重洗，經過時間的反覆煎熬，終於你和我的故事在回憶裡猖狂著，而我和我的釋懷在未來延伸著。
以前我想念你，後來我想起你，你卻不再是我想念的理由了。
於是我不再想念你，只是想起你，僅此而已。

後來偶爾會傳來你的消息。我不怎麼感興趣，像是看見報紙的某件新聞那樣，看看就罷，就只是知道了這個世界在發生什麼事。我知道你過得很好，而很好的是，我不會再打擾，你。
這樣各自安好，便好。

9

你會發現，記憶其實是世界濃縮成的蜘蛛網。
有時候沒有結局，就是個結局。

10

記憶之所以存在是印證過去的自己如何生動地存活著。讓往後的自己偶爾想起，讓自己不曾忘記那些關於愛與痛的感知。不再痛了。不會痛了。不想痛了。不該痛了。在那些反反覆覆思索記憶沉溺其中的日子裡，我用這種方式記住你很久很久，久到我想起你的時候不再像是當中那樣，有痛不可當的悲傷。它終於變成了經驗，而不再是回憶了。

或許經驗是回憶的延伸吧。這樣想是不是就沒有那麼痛了——

我只是偶爾會想起，也只是從不曾忘記。

「只是遲來的珍惜永遠給不了
當初失去的那個人。」

原來我們每個人都是個體，都不能完全地把自己的世界建立在某個人的身上，不能只為他牽動所有的陰晴圓缺，也不能只以那個人為依歸。我們要懂得，許多路都必須要自己去走，感謝那些相遇的時光，感謝那些切時的陪伴，而不是占據著某個人的世界。我們都要適應寂寞，其中一樣很重要的是，你並不屬於我。愛情或友情都是，我們終究會有自己的世界，而有時候除了陪伴，更溫柔的是祝福。

「我們要適應那些聲聲色色的寂寞，
包括你不屬於我。」

「慢熱型」。

「慢熱」指的是你做事情需要一個過程才投入。這個詞本身是個中性詞，不帶感情色彩的。「慢熱」就是很難進入到一個狀態的意思，顧名思義就是熱得很慢，剛開始熱情不高，但慢慢地才變得懷有熱情而進入狀態。

不太容易熱情起來，做事思慮過多，猶豫不決。一般這種人說話聲調平緩，起伏不大，做事比較有原則。此類型的人一般情況下，在短時間內突然高漲的愛意會讓他們手足無措，恐懼，不知道怎麼辦，甚至會懷疑別人是不是對我有什麼想法。慢熱型人通常是被動的，從不主動，就是遇見非常心儀的對象也不會直接表達愛意，而是從側面接近，一點一滴讓自己滲透到對方的心。即使再喜歡也不說，打死也不說從生活到工作無巨細的關心。總是默默的。慢熱型的人總在考驗別人的耐力。自我保護意識很強。

慢熱的人是不是就會錯過許多？

「只是慢熱的人總是過於情深。」

這樣的人骨子裡都會有一種自卑的負面情緒，所以從來不會主動去要求些什麼，也因為這樣的人從來不喜歡站在人群的中間，從不想要對別人奢求些什麼，所以在那些最最脆弱的時間裡，大部分都是靠著自己的力量撐過去的，即使淚流滿面，即使痛徹心扉，即使欲哭無淚，也從不會選擇向別人求救。

於是漸漸地把自己圍起來，在外層建起高高的牆，讓人無法靠近，讓人總是猜不透。直到有一天，她覺得那個人可以溶解所有堅硬的外殼以及那張虛偽的面具，可以許她一個未來，可以承載她的悲傷和痛楚，她才緩緩地打開心上那久經鏽蝕的心門，讓那個人走進來。她從來不會向這個世界索求些什麼，她只會等，慢慢地等待著，從春天萌芽到夏花盛開，從秋葉掉落到冬雪降臨，她總是習慣等待，等待某一天那個人的到來。即便在那之前，無數個綿綿飄雨的晚上都是自己一個人低著頭走著，無數個寒冷的日子都是自己默默地緊抱著自己，即便在所有臨近崩潰的深夜也是獨自撐過。有些人會說這種人只是好強吧。或是逞強吧。然而你要知道，這些看上去那麼堅強、那麼屹立不倒的人，才是在感情裡面最離不開的那一個。

因為她永遠慢了一拍。在他開始愛的時候，她不安。在他深愛的時候，她心動。在他離開的時候，她才深愛。
直到最後他好不容易讓她相信，她終於不是一個人的時候，她終於可以不用自己背負一切了，她終於可以相信有個人願意陪她看花開花落，她終於深愛了，他卻不在了，她在一個轉身之間失去了他。
其實我們都能夠忍受寂寞，我們不能忍受的是失去。

知道為什麼嗎？我們其實一直一個人都沒有關係，可以很孤獨也可以很寂寞，可以一個人走好多的路即使路途遙遠坎坷。那些其實都不算什麼。我們可以習慣孤獨的存在，可以學會和寂寞和平共處，然而沒有一個人抵得住失去的衝擊，也沒有人能雲淡風輕地等待那些曾經擁有又迫不得已失去的東西或人。好比一個瞎子其實不會覺得難過，因為他從來沒有見過世界的萬千色彩，他的世界就是漫天的黑暗，對於他來說黑暗也許不是黑暗，是他的全世界，是他的平靜。然而一個人突然看不見世界，他會痛不欲生，因為他失去了這個七彩又絢爛的世界。於是那個時候，她對他說：「你別來了，失去是很可怕的。」

於是為了避免這一切，她寧願錯過。

可能慢熱的人真的會錯過很多吧。妳只是愛得很慢，因為愛得很慢很慢，所以愛得很深很深。好像總是這個樣子，像是血絲滲進皮膚細紋裡，用慢動作放大各個流動，這就是妳的愛。
後來我終於懂得，原來深情比激情來得更加動情。

「悲傷的人也許
感受才是最深也最沉。」

你總是那個樣子。受了委屈總是往心裡放，你望著那個人的眼睛卻什麼話也說不出來，你以為忍一忍就過了，你太過於在乎，所以才說不出來，你不想要打破那麼和諧的平衡，於是你總是忍讓，總是對別人說沒關係。

也許是害怕自己真正的想法被那個你在乎的人知道，害怕他知道你的委屈後會離你而去，你不想要有任何關係上的改變，你總是往壞的方面去想，你總是跟自己說沒關係，再過一點時間吧，再給自己一點時間就會和他說吧，然後時間久了，傷痛變得隱形透明。

你終於覺得自己可以若無其事地說出口，卻又發現那樣失去了訴說的意義，最終還是把所有心底的秘密留給自己。這樣子，下一次同樣的事情再發生，那條透明的傷痕又會浮現，你又會那樣疼痛著，又再次如此惡性循環著。

你說，你太在乎了，所以才不說。

你說，這樣是保護關係的一種方式。

你說，就算那些話沒有說出口，大家也會好好的，那就失去了訴說

「我知道你一定是過於在乎
才會如此地悲傷。」

的必要。

你總是那麼傻啊，總是選擇把悲傷留給自己，你總是寧願自己委屈，於是你總是受著好多委屈。

我知道你的溫柔想要給在乎的人，所以從沒想過要溫柔自己。我知道你有了很在乎的東西，心口上有一部分被他們牽動著情緒。我知道你的悲傷很多，多到有時候會淹沒你自己。有時候問自己，這些漫漫無邊際的悲傷從哪來，你甚至自己也回答不出一個像樣的答案，他們說你得快樂點啊快樂點，卻從未告訴你尋找快樂的方法，他們不知道你的悲傷來自何方，他們不曾了解你的傷痛。他們不知道你只是因為太在乎了，太在乎那些東西所以才越發悲傷。你在意這個世界，在意花落，在意今天的月亮看起來那麼落寞，在意連續的雨天，在意天還不放晴，在意喧囂裡的人群顯得那麼孤獨，在意四周吵鬧的聲音，在意所有動聽的承諾，在意愛的人怎麼總是離自己那麼遠，在意離別和死去，在意活著的意義，在意每一次零碎的失去，在意期待的永遠和現實有落差，在意見不到想念的人，在意殞落的夢想，在意愛，在意破碎，在意明天。我知道你只是太溫柔、太在乎、太沉溺，所以才會那麼悲傷。

所以親愛的沒事的，因為有愛所以在乎，因為在乎所以悲傷，因為悲傷所以你才會知道，你的心還在。

◖

1

有一個人和我說，也許說著「我可以」、「沒關係」的那些人並不是真的可以，也並不是真的沒關係。我總是打斷他的話說，我真的可以。

2

人們說男人的眼淚其實很珍貴，我到十八歲那天才懂。
不能說這些年來看過夠多的飄忽起落，但至少經歷過蒼茫肅殺的絕望也經歷過許多稀稀落落的離別，看過好多崩壞的諾言，溫柔地看著許多人決絕地離開我的世界，擁有過分崩離析的家，還有一些杳無生息的日子。
站在離港大堂，我擁抱過爸爸之後轉身離去，我知道他在忍著，很努力地忍著，那些溼濡的淚珠掛在有些皺摺的眼眶，一直微微顫顫

「要有多孤獨才能把自己的悲傷
藏得那麼深那麼深。」

地凝動著，我甚至不敢回頭去看他，我怕我一回頭，兩個人最後一道防線就會瞬間瓦解，眼淚頓時缺堤崩潰湧出，我緩緩地走，終於走遠，終於我的背影消失在他的視線之中，那時我猛然回頭，明知道什麼都看不見了還是想要回頭，眼淚就不自主地掉了下來，像是壞了的水龍頭，我站在候機大堂的椅子上，沉痛地大哭，哭得眼前模糊一片，哭得聲音沙啞說不出一句話來，哭得登機的時候空服員走過來問我還好嗎需要幫忙嗎。那是我要飛去臺北讀書的那一天。

曾經狂妄地以為自己夠強大，強大到再次目睹什麼悲傷的分離也都不再會流眼淚了。爸爸經歷過虐心的離婚，經歷過殆盡的失去，經歷過挫敗的生意失敗破產，經歷過那些痛不可抑的痛失摯親，經歷過那些紛紛擾擾，他從來沒有和我說過他的痛，在我心中從來都是這樣頑強地無堅不摧，應該已經強大到什麼東西也無法擊潰他，就像是已經見過太多的痛苦了，痛到某一個程度再也無法更加悲傷，也彷彿是已經習慣了這些傷痛，因為在歲月裡面失去得太多太多，失去對於他來說就已經不再刺骨，也像是再也沒什麼可以失去似的，他就是這樣強大到一個固執的程度。

居然，居然因為我的離去，而流下了那些已經風乾許久的眼淚。

3

再說一個故事。我的生命有一個特別的存在，我們之間很少言語，不甚交談。可是彼此就是知道彼此的存在足夠於溫暖對方的宇宙。

認識他的三年後才知道他有一個姊姊，才開始知道那些關於他的事情。當他第一次和我訴說那些事情的時候，我用一種極其驚恐的語氣說：「你怎麼可能毫不跟別人提及自己的事情？怎、麼、可、能！」

是一個這樣的人啊，總是在人群之中發著閃亮的光芒，做什麼事都非常的優秀，很樂觀，看見他從來都是在笑在吵在鬧，到處都是他的朋友，當你想起他的時候，他就是給別人一種溫暖的感覺。可是居然沒有一個人知道他原來擁有一個姊姊，也沒有人知道原來他很疼愛他的姊姊。

我問他，那些層層斑駁的悲傷啊，你都放在哪裡呢？

他說，心裡。

4

要有多勇敢才能在愛的人面前流眼淚呢。

5

第二次看見我爸流淚是今年寒假。我終於受不了了，我跟爸爸說我和男朋友分手了。我以為用極為雲淡風輕的語氣，就可以試著讓那些失去變得很輕很輕，輕到我幾乎可以不察覺那些悲傷的存在，讓它們僅僅停迂在心上的某個區塊裡，絲毫不觸碰它們，我以為這樣就可以好了。直到我淡淡地微笑說著，「爸，我和他分手了。」他錯愕地看著我，沒有問為什麼，也沒有再說關於那個人的事情，什麼都沒有過問，他只是淡淡地說「沒關係，妳受委屈就回來我這裡，這些以後都會變得沒有關係的。」他的眼淚就那樣子掉了下來，毫無預警地簌簌流下。我爸說他總是能想起那時候我和初戀分開的時候我哭得死去活來的樣子，他說他這一輩子經歷過那麼多的事情，沒有一件讓他那麼那麼地痛心，他說他就是見不得我受任何

一點的委屈。我第一次覺得原來我爸是個那麼柔軟的人。
那一天他和我說了好多他以前的故事，那些鈍痛讓我覺得我活了二十年的日子裡根本比不上絲毫，可是我從來不知道他那麼地孤獨。一直一直持續了那麼多年。直到自己已經習慣與孤獨形影不離。持續了持續了，幾千百個夜晚。持續了，一輩子。

6

「我想要給妳全世界最好的東西，卻發現原來世界最好的東西就是妳。」這句話是我爸說的。我聽到之後哭了一整個夏天。

7

偶爾會收到來自以前的好朋友的訊息，「每每看著妳寫的文章我都覺得妳變了好多。」我總是會笑著回答說，其實我沒有變。只是選擇用另一種方式去消化。比如那些刺刺扎扎的悲傷，比如一些橫斜雜亂的思緒，比如那些疾厲銳疼的不堪，我都選擇用安靜

的方式去處理，我靜靜地消化它們、磨礪它們、凝凍它們、潰散它們、梳理它們、崩解它們，用盡一切的方式把它們埋得很深很深，深邃得有時候連自己都誤以為那些東西並不存在於自己身體之內。可是其實自己一直知道它們其實還在。而這個世界裡面也只有自己一個知道，它們從來未曾消失。只是變成靈魂的一部分，久久固固地紮根。

8

是不是這個樣子。總是說著自己可以也總是說著自己沒關係。可是只是沒有人懂得你根本不是沒關係，你只是習慣了，習慣了曾經迫不得已要自己去承受那些孤獨和傷痛，於是有了那些經驗你以為自己變得好強大，強大到不需要任何人的到來，強大到所有悲傷都可以自己磨滅。
你一定是這樣子，所以所有人都真的以為你可以，也就是因為所有人都以為你真的可以，你就必須也只能真的可以。

9

「那些層層斑駁的悲傷啊，你都放在哪裡呢？」
「心裡。」

10

一個人要有多孤獨才可以把自己的悲傷埋葬得那麼深呢。
要心疼那些人們啊。要很心疼很心疼那些在你面前顯露自己的悲傷的人們。要知道他們真的很疼痛很疼痛才會在你面前淚流滿面，也要知道他們如何勇敢地把自己赤裸裸地展示在你的面前。

11

因為自己也是這麼走過來的。對吧。

◖

我相信是這樣的，快樂能讓全世界看見，但難過只能讓重要的人懂得，所以在我願意向你傾訴我的傷心難過委屈失落和疼痛的時候，請珍惜並心疼那樣的我，因為我在卸下我所有銳利的刺，剩下一個千瘡百孔的自己，赤裸裸地擺在你的面前，需要的也只是你溫柔地像是輕輕捧著易碎物品那樣，緊張疼惜地把這樣什麼也沒有的我，擁入懷裡。

我記得我和他說過，請你一輩子都不要忘記，你能看見一個人的悲傷，是因為那個人願意給你看。

想一想，也許是真的，我們都用著悲傷來依賴一個人，習慣讓在乎的人治療自己的悲傷。於是那些歇斯底里的難過其實是一種最深的依賴。如果哪一天對方失去了治癒自己的能力或者我失去了跟對方分享悲傷的興趣，倘若有一天我們能自我消化那些難過，那你要知道，我們也就那樣了。不再需要對什麼人訴說的時候，或許建立在兩個人之間的依賴也被漸漸地磨蝕。

你不用承受我的痛了，我也不需要你來懂了，我開始可以自理自己

「用訴說悲傷的方式和對方相處，
是愛，也是依賴。」

的悲傷，我開始可以學會和悲傷和平共處。

我可以學會堅強了，不是不再難過，而是再多的難過都不需要你的安慰來撫平了，所以也就失去了訴說的必要了。

那麼，你就走吧。

當初所有的沒關係，漸漸地變成沒有關係。

並不是因為我不再那麼悲傷了，而是有一天我發現，我的難過依然很多，只是不再想要對你訴說。

「就當作所有的相遇和錯過、擁有和失去
都只是生命中其中一個習題而已。」

我們都總是想要回到過去某個定點的時刻，回到當時的純真爛漫，我們都覺得只要時間能夠重撥回去就懂得珍惜、懂得疼愛、懂得成長，只要可以回得去一切就會像當時那樣美好，比如青春，比如歲月，比如擁有，比如我和你。你不知道，所有東西回不去都有它的理由。像是那些曾經的美好教你學會珍惜，像是那些錯誤教你學會釋懷，像是那些失去讓你把每次相遇都捧在手心。有時候，正正因為回不去我們才特別懷念，也正正因為回不去，那些記憶才顯得那麼珍貴那麼美。因為沒有什麼能回得去，正如沒有什麼是過不去。

「後來你漸漸會明瞭
那些日子回不去都有它的道理。」

原來我們從來沒有想過，悲傷是與生俱來的能力，就像是我們能感受到快樂，感受到幸福一樣。

也許就像是海吧，我始終相信，海有潮起潮落，人也有。

有那些相對的痛楚，就代表著有那些相對的快樂存在。

這個世界是這樣子的，存有善意以及惡意，存有好與壞，生存與死亡，飛翔與墜落，白晝與黑夜，它們用自身的意義來解釋彼此，像是拼圖的缺口一樣，完整了生命的意義。

所以——正在感受痛苦那是因為我們真切地活著。

所以，就像是快樂不需要任何的理由，悲傷也是，痛苦也是，愛也是。

「我們都有悲傷的時候，
就像是快樂也從不需要理由。」

◖

你不懂啊。其實我並非要去懷念從前的自己。也不是持續浸漫在回憶裡，我沒有頻頻回顧，也沒有深陷其中，更不是難以忘懷。而是，我已經變得強大了。不需要去遺忘那些過往，不需要靠忘卻來復甦自己的心跳，也不需要用忘記這種方式去釋懷。我可以不斷想起也沒關係，我可以遙遙回望也無所謂，那些曾經已經不再深刻地刺痛我了，也不再成為我的軟肋，它們都不再是我疼痛的理由，終於。你知道嗎，這不是脆弱，而是我已經強大到可以念念不忘了。

「原來我已經
強大到可以念念不忘了。」

◖

1

有時候我在想，為什麼快樂這個詞語就會讓人覺得愉悅，而為什麼一想到悲傷，我們都如此排斥，如此不屑一顧，總是把悲傷隔拒於千里之外。

2

到底悲傷是什麼呢。
就像是在街衢的末端突然聽到一首熟悉的歌曲，一次又一次帶你回到那巨大而停滯的回憶裡面，所有記憶裡模糊的場景又像是再次泡浸在顯影液裡一般漸漸地清晰起來，忽然地想起了誰，後來只出現在你的記憶裡卻不再在你的生活裡，他在那麼稍縱即逝的幾秒鐘重新回到你的身邊，是滂沱大雨下的約定嗎？還是每個深夜裡的晚安？是清晨的呼喊嗎？還是五月天裡溫柔的叮嚀？曾經你覺得那些

「請你善待自己的悲傷。」

東西都已經離你那麼遠了，卻在聽到歌曲的時候，一閉上眼睛，它們又重新回來，那麼近那麼近，我想這就是悲傷吧。

就像是你予於未來極大的期望，承載著你無數絢麗的夢想，你曾經想要飛到最邈遠的地方去，想要和愛的人走到世界的盡頭看桑榆晚景，想要開一間溫暖的咖啡廳，那裡充滿你喜歡的咖啡香和貓，你說你想要當一個溫柔的人，儘管世界從不善良，你那麼多的盼望，到頭來卻得到那麼多的失望，於是你再也無法相信，無法相信那些美好的事情，你回頭看一路上的蹭蹭碰碰已經讓你的傷痕累累，你說你想起那些，就會充塞著滿滿的悲傷，像是潮漲時無可逃脫的海水那般洶湧無備。

就像你失去了你從未認為會失去的東西一樣，有什麼在你的心裡慢慢地死去了，有一些東西變成了陳腐的屍體擱置在你心裡最角落的位置，排山倒海，屍橫遍野，以你自己的能力你難以把它們從你心上割去，於是它們就這樣腐蝕著你，把你的心變成坑坑洞洞的，你再也無法修補那些傷洞了，似乎已和那些血肉模糊融為一體的時候，那些地方你連直視它都沒有辦法，這些心事任誰輕輕一碰都覺得痛，這樣的悲傷從你的心裡傾盆而出，將你淹埋，在那個比海更

深的地方，你連自救都無能為力。

就像是凌晨三點的夜晚，你被瓢潑傾瀉的大雨吵醒，卻無法再入睡，你聽著下雨的聲音，如此綿綿不絕，世界彷彿像隻受傷的獸在洞穴裡緩緩地沉睡了，剩你一個人清醒著，蒼穹沒有半顆星星，路燈微微地發出黃暈，窗外沒有別的光，世界安靜得很，靜得你在房間裡也只能聽見雨聲和自己微弱的呼吸聲，因為空間感的巨大，你忽然覺得自己那麼渺小，你開始把那些曾經從頭到尾地細數一次，曲終人散的時候你甚至沒發現自己默默地掉了眼淚，你又想起前幾天你走在人潮擁擠的街道裡，自己像是一顆錯落的流星，突然不知道自己該往哪裡去，那些格格不入的孤獨，你想了幾次都覺得想哭，你說悲傷大概就是這樣吧，你不知道自己要去哪，不知道自己屬於哪，不知道自己可以去哪。

這是你的悲傷嗎？

嘿，親愛的，你的悲傷呢，你的悲傷是怎麼樣的？

原來世界是這樣的，幸福的模樣都雷同，但後來沒有一種悲傷的模樣是相同的形狀。

3

我不斷在想，自己是什麼樣子，是不是就是那個做什麼事都可以，開心活潑開朗樂觀的那個女孩，可是更多的時候我鄙視自己，做得不夠好，做得還不夠好，還不夠，或者連自己都壓根不知道好的定義是什麼，只是一味地要求自己要好，不能軟弱，不能悲傷，不能氣餒，因為以後還有好長的路要走。於是這座危樓終於有搖搖欲墜的一天，終究還是崩塌成一盤散沙，瓦解成什麼事情都再也做不到的自己，我在那個時候變成了自己最討厭的樣子，面目全非，明知道不可以這樣頹圮下去，可是我沒辦法，我好不起來，我在很深很深，比海還要深的地方裡浮游著，漫無目的，卻找不到爬出來的出口，有時候像是位於很高很高的空中懸浮著，隨時隨地就要墜落，像是風箏斷線的時候飄向天空，步向真正的那個脆弱不堪的自己。於是悲傷一天一天在身體裡擴張滋長，已頑強到我再也無法負荷的程度。於是我好想逃離也好想放棄這一切包括我自己，我開始睡得不好也吃不下東西，我想我需要一些時間去好好面對自己，去找尋

一些快樂。那一段時間我反覆地問自己，活著的意義是什麼，我竟說不出一個答案來，活著對於我來說突然變成一件好痛苦的事情，我不斷地問自己為什麼啊，我曾經是個多麼樂觀和溫暖的女孩，為什麼今天會變成這個樣子，我開始自責，開始討厭自己，然後不斷地深陷在這個惡性循環中，我被關在一個房間裡，那裡沒有出口也沒有門沒有光，別人進不來我也走不出去，再也無法相信這個世界會好起來了。

這樣的悲傷太多了，一直累積在心中的容器裡，從沒想過要去清除它們，於是久經年月，它們如此鋪天蓋地地席捲而來，將所有花朵淹沒，我不復重生，我漸漸窒息。

4

最記得輔導老師那天和我說的話：「也許妳本來就不是一個樂觀的人，妳只是習慣自己美好的樣子，習慣自己在別人眼中是美好的，從今以後，妳得接受自己悲傷，並且原諒自己的悲傷。」

5

如果這個世界上有光明，那為什麼不能有黑暗？
如果月亮有完整的時候，那為什麼它不能擁有缺口？
如果有陽光的熾熱，那為什麼不能有冰雪的寒冷？
如果所有的東西都有它相對應的事情，那為什麼我們想到快樂的時候會覺得幸福，而為什麼悲傷是一個貶義詞？
如果一切都有它存在的意義，那為什麼悲傷不可以？為什麼悲傷是不好的？為什麼要去排斥？為什麼它不能安然地存在於我們的生命裡？它只是我們與生俱來的情緒，所以我們憑什麼討厭它、推開它、抗拒它呢？
回頭看那些渙散而細碎的時光裡，有哪一次你允許過自己悲傷，默認過自己的悲傷，接受過自己的悲傷，放任過自己的悲傷呢？
原來這些年，我們從未真正地去善待過自己的悲傷。

6

時間就這麼飛躍了一個年頭，從來不會跟我們開玩笑，有時候還沒認真感受些什麼，它就這樣過去了，不會給你預告也沒有什麼徵兆，不會給你提示要往哪個方向去，它僅僅是過去了，這樣措手不及地過去了。我一直在回想這一年來的種種事情，日子這樣子過下來，慢慢地變成現在這個模樣，無論喜歡自己還是討厭自己，其實都在時間的堆積裡有了端倪，所以我有時候不斷地埋怨自己，「你怎麼會變成這個樣子？」可是後來漸漸地懂了，沒有什麼為什麼的，每個樣子都是你自己，而你因為過去所有的經歷而必須變成現在的你，所有的過去都印證著今日的自己，都是必經之路。

去年曾經有一段日子，可以說是把自己關在自己隔裂出來的世界裡，那裡面，除了那個破碎的自己以外，就什麼都沒有了，看不見盡頭的黑暗還有悲傷，甚至說不出來那些荒誕的痛楚是從哪裡崩塌出來的，只是呼吸著，只是生存著，每分每秒都很困難，寸步難行，每個晚上需要用好多的力量去拉住自己不要往下墜落，走在懸崖的邊緣卻無法回頭，持續了一整個季節，所有的感情對於那個時

刻的我來說都是種難受的負擔，然後越是這樣，就越想要毀了她，毀了那個在黑暗中消沉，滿身瘡痍的她。

我想人們都是這樣的，遇上悲傷、憂鬱、失望、難過都覺得那彷彿是致死的毒藥，於是人們開始嚮往陽光，嚮往希望，嚮往美好，總是強求自己要那樣，當個優秀的人吧、當個快樂的人吧、當個美好的人吧，好像是什麼咒語，緊緊地圈著人們。可是後來我想起輔導老師說的一句話：「說不定妳本來就是這樣子。」我想是的，那好像是真的，在漫長的偽裝下，你總是快樂，看不見自己的悲傷，所以它們累積起來，像是堆積了一整個冬季的雪，終究還是會因為太沉重而崩塌下來。

因為啊，悲傷這回事其實是這樣的，你要把它們拿出來，你要正視它們，你要狠狠地面對它，它們才有風乾的一天，才會真正的過去，和所有過去一起過去。

如果可以，就把悲傷拿去曬一曬吧，它們值得你去面對，值得你的安撫，值得你的好好善待。

因為悲傷不是你的錯，墜落也不是你的錯。

就像是世界上有高的人，有矮的人，有胖的人，有瘦的人，同時也

有快樂的人，以及悲傷的人，我們從來不只有一個面向，悲傷也只不過是廣袤世界中的一角而已。於是那些悲傷都有了它們的意義，那些遺憾都有了它們的意義，所有的失去都有了它們存在於生命中的意義。

7

我終於知道，我可以當個悲傷的人也沒關係。

因為對這樣的人來說，快樂很可貴，因為可貴，所以分外珍惜，像是七月流火的沙漠中那一滴通透的泉水一樣。

◖

終於寫到這裡了，像是迷宮走到最後的時候，如釋重負的神情。

這本書裡面寫到的每一篇都是集於開始孜孜不倦寫作的這一段日子裡，有兩年多了吧，這樣子公開在大家面前寫作。在這樣無數個雨淋花落的夜晚，我不斷地思考著寫作這件事於我而言，到底算是什麼。

寫作的過程是難受的，甚至有時候會焦慮到一個精神恍惚的狀態，不斷地自我隔離或是放逐，在現實跟夢境之中迴旋著，因為寫散文這件事本身就是在於回顧，回顧一些往事，那些因為太細碎而塞擠進去時間縫隙裡的畫面，回顧一些重量太輕的心事，或是那些太深沉、太深沉的傷痕，像是黏密的鏽斑還有用盡力氣也刷不去的記憶，所有曾經、所有從前、所有故事，萬花落盡，係風捕景。

在寫文的過程中必須把這些曾經自己默許過自己再也不會走第二遍的路，重新百轉千迴地沿路走回那些破爛不堪的地方。說實話，是痛苦的，寫作於我而言是種極大的痛苦。

「我把最好的自己和最壞的自己
都安放在這裡。」

然而，在那以前，寫作是一種快樂，把所有印記重新翻閱一遍，像久別重逢的好友那樣，我會輕輕地抱住她，問她：「妳好嗎」，她同時也會輕輕地點頭，說：「我很好，那現在的妳呢？」依舊如昔，我仍然覺得自己是個無比念舊的人，因為捨不得丟棄那些記憶和感受，或是片面的觸覺，也因為這樣，我能久久記住那些幸福的瞬間，也因為這樣，那些東西支撐著我，直到現在，恆久不變。

有時候我會覺得生的反面不是死，就像快樂的反面也不是痛苦一樣。

我討厭人群，討厭吵鬧，討厭歡快的笑聲，討厭這個正面得極為虛偽的世界。我討厭負擔，討厭框架，討厭麻煩，以及討厭這個如此麻煩的自己。嗯，結論是我討厭討厭這個世界的自己。可是人生來並沒有義務活著，也沒有義務活著喜歡這個世界。極為矛盾。那一個瞬間，看見飛機緩緩地降落，看見那些重逢的人們的表情，看見這些極度美好的歡愉，我有了想哭的衝動，那時我想，原來我們每個人都一定有一些柔軟的部分。

如果白天和黑夜能夠和平存在，如果雨天和晴天可以共同擁有天空，如果水和火可以互相容納，如果光和影可以同時出現，如果飛

翔和墜落可以只差一瞬間，那有什麼是不可以的。又有什麼是不能夠同時存在的。就像是我如此地恨你，卻如此地愛著你。這種感覺極為矛盾又極為合理。那麼，快樂的反面是什麼呢？是痛苦嗎？可是痛苦的人不一定不快樂。就像是寫作那樣。一點一滴在那些可以毀滅人心的悲傷和訴說不盡的情感裡藉由文字剖開自己。一定很痛苦的，硬生生將自己的傷口暴露在書的角落裡。然而我卻樂意做這樣的事。於是很久以前我決定了用這種方式，快樂並痛苦著。就像是我們每個人，同時擁有溫柔和銳利，同時可以快樂與悲傷，沒關係，其實這就是這個世界本來的模樣，生與死、悲與喜、笑與淚，而我，只是其中一個我。

我想著，我們都有著無可避免的遺忘能力，所以到頭來我發現，寫作，其實只是為了念念不忘。

我把最好的我和最壞的自己都寫下來，她們在書裡面相遇，就像是當年她們開始背道而馳的時候相擁告別那樣，她們終於和好如初，她們終於闊別重逢。

我遇見了我自己，在最好的時光裡面。

你知道嗎，原來生命中最大的一場相遇，是和自己。

寫到最後，必須還是得感謝一些人，包括我的家人、我的室友、我的老師，還有出版初版《與自己和好如初》的時報出版。

不 朽

2017.07.25 00:24

Find Me